【日】池井户润 著

陈修齐 译

半泽直树

哈勒昆与小丑

5

はんざわなおき

版权登记号：01-2021-1312

图书在版编目（CIP）数据

半泽直树.5, 哈勒昆与小丑／（日）池井户润著；
陈修齐译. —北京：现代出版社，2021.5
ISBN 978-7-5143-9104-6

Ⅰ.①半…　Ⅱ.①池…②陈…　Ⅲ.①长篇小说–日
本–现代　Ⅳ.①I313.45

中国版本图书馆 CIP 数据核字（2021）第 052278 号

Original Japanese title: HANZAWA NAOKI Arlequin and Pierrot
Copyright © 2020 Jun Ikeido
Original Japanese edition first published by Kodansha Ltd.
Simplified Chinese translation rights arranged with Office IKEIDO Inc.
through The English Agency (Japan) Ltd. and. 上海途亚文化传播有限公司

半泽直树.5, 哈勒昆与小丑

著　　者　［日］池井户润
译　　者　陈修齐
责任编辑　赵海燕　王　羽
出版发行　现代出版社
通信地址　北京市安定门外安华里 504 号
邮政编码　100011
电　　话　010-64267325　64245264（传真）
网　　址　www.1980xd.com
电子邮箱　xiandai@vip.sina.com
印　　刷　三河市宏盛印务有限公司
开　　本　880mm×1230mm　1/32
印　　张　11.25
字　　数　231 千字
版　　次　2021 年 5 月第 1 版　2021 年 5 月第 1 次印刷
书　　号　ISBN 978-7-5143-9104-6
定　　价　50.00 元

目录

第一章　哈勒昆的房间

1

东京中央银行大阪西支行,位于贯通大阪南北的四桥线和东西走向的中央大道交界处。那是大阪市内最繁华的地段。

上午八点半,为了举行每月月初的惯例仪式——稻荷参拜,支行全体员工聚集在银行所在的大厦顶层①。

环顾四周,人们可以看到许多在顶层修建红色神社的大厦,数量之多令人惊讶。每月全体员工像现在这样聚集在楼顶参拜神社,是大阪西支行,不,是大阪地区才有的习惯。

神社的名字叫东京中央稻荷,这种遭报应的名字必然出自银行总务部。作为稻荷神社它的规格不低,原因在于,它是当地的

---

① 指参拜稻荷神。稻荷神是日本神话中的谷物和食物神,掌管丰收,也象征财富,为工商业界所敬奉。

大神社——历史悠久的土佐稻荷神社的分社。

那时，还是五月。

从楼顶往下看去，大阪市内被清朗明澈的阳光照耀着，清爽的风徐徐吹过。然而，这晴朗的天气不过是暂时的，再过一个月就会被阴沉的梅雨季取代。梅雨停歇后，便是晒得让大地冒油的闷热天气。

"啊，支行长，我们等候多时了。这边请——"

看到迟一步出现在楼顶上的浅野匡，副支行长江岛浩搓着手跑了过去。

留着街头混混式小波浪头的江岛，拜访客户时常常因为可怕的长相差点被门卫赶出门去。此刻，这张脸却堆满谄媚的笑容，眉毛弯成了八字形。这副尊容与其说是可怕，不如说是可疑。

把副支行长的隆重出迎视为理所应当的浅野，是位曾经长年在人事部门工作的"总行官僚"。精英意识在他身上已根深蒂固。

对浅野而言，在支行工作的员工相当于武家① 社会的农夫佃户，理所当然地可以被蔑视。

浅野就任三个月来，在这样的仪式中迟到已是家常便饭。或许他本人是想强调主角应该在最后登场。但他手下的银行职员恐怕没有一个是喜欢他的，就连副支行长江岛也对他阳奉阴违，背

---

① 指日本武士系统的家族、人物，与"公家"相对。原是被公家所统治的阶层，后逐渐发展壮大，实质性地把持了日本政权，继而建立了镰仓幕府，公家则被傀儡化。

后的想法不得而知。

"快，快，这边请。"

江岛穿过人群，将浅野引至小型神社前。他转头看向融资课长半泽直树，收起讨好的笑容，用不高兴的口吻说道：

"喂，半泽。为什么没让大家排好队？这是你的工作吧。"

"我的工作吗？"

这种工作简直闻所未闻。但反驳这种小事也是麻烦，所以半泽冲周围的员工喊了一声"喂"，同时自己站到了浅野身后。

四周传来微不可闻的回应声，职员们一个接一个在半泽身后排起了队。

"支行长，拜托了。"确认大家排好队的江岛说道。

眉头紧蹙的浅野向前迈出一步。

"啊。"

他在裤子口袋里翻来找去，看样子是忘了带香火钱。

"支行长，请用。"

江岛当即从自己的零钱包里取出一枚百元硬币，浅野"嗯"了一声，完全不像在道谢。他接过硬币，丢进功德箱里，然后拉了拉垂下的铃绳。

就在浅野毕恭毕敬行二礼 ① 时，他身后传来了等着看好戏的微弱笑声。

---

① 参拜日本神社时的顺序为"二礼二拍手一礼"，即先鞠躬两次，再拍手两次，最后深鞠躬一次。

将两手笔直地伸开，再拍两下是浅野独有的行礼动作，行员间戏称为"不知火式"①。有人忍不住笑出了声。行完如芒在背的最后一礼，浅野回过头，面若冰霜。但他不是因为被人嘲笑而恼火，而是不满意大阪西支行行长这个职位。

他蹙着眉，将充满怨恨的视线投向难波②的天空，是为了表达一种懊悔之情。他这样的人本不该来这种地方。

真是个不干脆的男人，半泽想。

银行职员的人事变动由一张调令左右是理所当然的事。之所以调动到目前的工作地也是有原因的。同样，作为企划部调查员表现出众的半泽被调到这家支行，也有相应的原因——他总是与行内的实权者宝田信介唱反调，并且多数情况下都将对方反驳得哑口无言。

颜面尽失的宝田勃然大怒。他向人事部施压，命令他们把半泽发配到某个穷乡僻壤。然而，人事部部长杉田并没有买账。在事情平息下来之前，他把半泽安置到大阪西支行这个"安全地带"。

猛然转过身来的浅野突然在半泽身前停下脚步。

"等会儿来支行长办公室。"

说完这句话，他把下属们留在原地，毫不留恋地离开了楼顶。

"什么事啊？"站在半泽身旁的课长代理南田努小声问道。

南田长年就职于支行，专门负责融资业务，比半泽年长两岁。

----

① 专业相扑比赛中，相扑运动员横纲的出场架势之一。

② 大阪的旧称。

6

“谁知道呢。可能什么地方又惹他不高兴了吧。”

浅野是个动辄爱挑剔的男人。他对部下极其严苛，对上司极尽谄媚，是个笃信选民思想的“专制君主”。

浅野走后，站在神社前的江岛将十元硬币投入功德箱中。

“给支行长的明明是一百日元。”

半泽听到有人在背后小声抱怨：“真小气啊。”

半泽来大阪赴任是四个月前的事。他好不容易习惯了这里的惯例仪式，还有大阪腔。融资课负责的客户信息也逐渐被他记入脑海中。

浅野似乎对这里不满，但半泽却喜欢这片土地。大阪是个有人情味的地方，食物也很美味。这里的人不矫揉造作，直爽的说话方式和经商方式都很合半泽的脾气。

唯一的不足之处就是有浅野、江岛这样的上司，但这一点也是无可奈何的。

毕竟在银行这种地方，随便扔块石头都能砸中一个浑蛋。

每碰到那种人都要斤斤计较的话，就会没完没了。

“听好了半泽，这段时间你就安分一点吧。”

这虽然是老友渡真利忍难得的关心话，但不用他说，半泽也是这么想的。在这世间，懂得人情世故就要随波逐流，即使是讨厌的上司，也要心平气和地与之周旋。这便是上班族的处世之道。

那么——

仪式结束后，半泽与部下一起返回二楼的办公层。支行长室大门紧锁，浅野把自己关在里面。半泽敲门后进入，他看到浅野坐在办公桌前，正用眼神示意他过来。

"大阪营本打来电话，说有要事相商。你给他们回电话吧。对方是伴野调查员，你应该认识吧。"

大阪营本，即"大阪营业本部"的简称。伴野笃，是半泽与业务统括部部长宝田针锋相对时在宝田手下工作的男人。半泽曾听说他被调到关西，却没想到会以这种方式再次听到这个名字。

半泽向浅野欠了欠身，回到自己的座位拨打大阪营本的内线号码。电话那头传来一个熟悉的声音。

"啊，半泽君。怎么样？大阪的水喝得习惯吗？我到现在还喝不惯呢。"伴野和以前一样，用造作的语气说道。

"哪里的水都是自来水，能有什么不同？"

"你还是这么能言善辩。所以啊，才会从企划部落难到那种地方。我劝你还是谦虚一点，反省反省不好吗？"

"真不凑巧，我没什么需要反省的。言归正传，你有什么事？"半泽问道。

"实际上，有一桩 M&A^① 案件。"

伴野抛出的话题令人意外。

"M&A？"

"有客户询问能否并购大阪西支行的某家客户。可能的话，我想亲自跟对方说明。届时，可以请贵支行一同出席吗？"

---

① 即企业并购。

贵支行读作"goshiten"，是东京中央银行特有的变形敬语。

"我们的客户？哪家客户？"

"仙波工艺社。"

那是一家营业额五十亿日元的出版社，以经营了百年的美术类业务著称。现任社长名叫仙波友之，是公司创立之后第三代社长。年龄四十岁上下，可以说是一名年轻有为的经营者。在大阪，这种规模的出版社并不多见。

"并购方是？"

"现在不方便透露，要是信息泄露就麻烦了。"

"你觉得，我会泄露信息？"开什么玩笑，半泽不由得怒火中烧，"这又不是打发孩子去买酱油，连并购方是谁都不知道，就想让我做中间人？"

"那么，我直接拜托浅野支行长好了。浅野支行长应该不会问谁是并购方这种鲁莽的问题。"

半泽咂了咂舌头，这家伙真会找麻烦。

"要跟客户约时间见面吗？"

"拜托你了。"伴野迅速说出三个自己合适的时间，"如果能透露些值得一听的经营情报，我将万分荣幸。"

什么万分荣幸啊。半泽最讨厌这种装腔作势的家伙。

"等会儿打给你。"

说完这句话，半泽挂断了电话。

"中西君。"

半泽叫来融资课最年轻的职员，同时也是仙波工艺社的客户经理。向他说明情况后，半泽吩咐他准备面谈的相关事宜。

"M&A 吗？"

"不知道并购方是谁。我想，仙波社长应该不会同意卖掉公司。总之——这是支行长直接下的命令。"

中西英治听到支行长这几个字后，肩膀瑟缩了一下。

2

　　仙波工艺社的总部位于大阪市西区的商务街，那是一栋设计典雅的砖瓦建筑。

　　这栋厚重的建筑约有二十年房龄，地上有五层楼，地下有一层。仙波工艺社作为美术类出版社，除了招牌刊物《美好时代》之外，还发行建筑、设计行业的专业杂志，同时，还负责策划美术馆等场所的特别展览。广泛扎根于各个艺术领域是其经营特点。

　　然而，在出版业整体不景气的环境下，这样的出版社也无法独善其身。主营业务除了招牌刊物《美好时代》之外全部亏损。提携公司业绩、填补亏损的实际上是该公司的企划部。

　　此时，半泽正坐在仙波工艺社五楼的社长办公室内。

房间里最引人注目的是挂在墙上的《哈勒昆^①》。

画的笔触极具特色，一眼望去就知道出自谁手。那是现代美术巨匠——仁科让的石版画。

哈勒昆与皮埃罗^②一样，都是意大利喜剧中颇受欢迎的小丑角色。把聪慧狡黠的哈勒昆和天真懵懂的皮埃罗放在一起比较，是画家偏爱的题材。

半泽以前听仙波友之说过，仁科让的作品多数是将哈勒昆与皮埃罗画在一起，这幅作品只画了哈勒昆，因而十分罕见。

"总之，他可能是想说，正在看这幅画的人才是皮埃罗吧。"

这是友之当时的评论。这很像友之会说的话，看似玩笑，却带着轻微的自嘲。

此时，半泽与大阪营业本部调查员伴野并排坐在社长室的沙发上。方才，半泽带着十五分钟前出现在大阪西支行的伴野一路走到这里——仙波工艺社离支行只有步行五分钟的路程。伴野身旁坐着愁眉不展的中西。

在哈勒昆略带嘲讽的目光注视下——

"百忙之中，十分感谢。"结束名片交换环节后，伴野毕恭毕敬地开口了，"有件事希望与您诚恳地谈一谈，所以才占用您宝

---

① 意大利即兴喜剧中的仆人角色，身穿与小丑类似的百衲衣，聪明、狡猾、心地善良，时常对上流社会及有钱人进行嘲讽。

② 意大利即兴喜剧中的小丑，时常靠折腾自己取悦大众，因而有一种悲情色彩。

贵的时间。”

“从大阪本部特意过来的吗？让你费心了。”

社长仙波友之把伴野的名片放在茶几上，有些过意不去地说道。但因为并不清楚对方的来意，友之与坐在一旁的妹妹小春都不自觉正襟危坐起来。

与友之相差五岁的小春在东京的私立大学攻读美学、美术史之后，曾前往法国留学，作为研究员在当地的美术馆做出不少成绩。之后，由于一直帮忙打理公司的母亲去世，小春回国帮哥哥经营家族产业，运用专业知识和人脉成立了企划部，并促使企划部成为公司收益的支柱。她是一位颇具才干的帮手。

“听闻贵公司是家历史悠久的出版社，在美术界是不可动摇的权威。只是，我也偶然听闻，最近，贵公司的业绩似乎不太乐观。”

只要查询银行的数据库，就能立刻掌握客户公司的经营状况。或许因为事先调查过，伴野对仙波工艺社的实际情况了如指掌。

“今后或许会产生资金需求。如果业绩恶化，融资也会变得越来越困难。看得出来，仙波社长您也在为资金运转问题而苦恼。我说的对吗？”

“差不多吧。”友之含糊地答道。

伴野的话究竟指向何处，他完全摸不着头脑。

“所以，我今天带来的，是一个根本性的解决方案。这个方案能否实现，完全取决于仙波社长您。”伴野由此切入了正题，“我就直说了，仙波社长。您有出售贵公司的想法吗？”

这荒诞不经的话让仙波瞪大了双眼。小春则嘴唇半张，欲言又止。

"哎呀，也怪不得您会惊讶。"伴野连连摆手，脸上堆起讨好的笑容，"但是啊社长，请您好好想想。在出版业整体不景气的情况下，这也可以作为一种经营选项，您难道不这么想吗？"

友之倍感困扰，"不，我从没那么想过。"他把手搭在脑袋上，像寻求支援一般看着小春说："是吧。"

另一边，小春的反应早已超出惊讶，脸上露出呆愣的表情。但她似乎是个性格直爽的人，脱口说道："是啊。"

伴野讨好的笑容瞬间收敛起来了。

"贵公司资金运转方面如何呢？如果加入其他资本旗下，会安全许多。"

"你说得还真轻巧。"

友之对伴野这种抓人痛脚的说话方式表现出了轻微的焦躁。"我们公司即将迎来百年庆，这样的老字号怎么能说卖就卖？到底是谁，谁想买我们公司？"

"那个，如果不签保密协议的话……"

"那就算了，不需要。"友之摆了摆手。伴野眼中的光芒消失了。

无论语气多么殷勤，伴野奉行的都是银行至上主义。让客户挑不出错这种颇具优越感的思考方式早已深入骨髓。

"这样真的好吗，社长？"伴野突然用过分亲昵的口吻劝道，"银行也不一定能时常提供贷款。要是您认为这样的好事随时都有，就大错特错了。我认为应该未雨绸缪。"

这句话颇有点威胁意味。

"什么话，业绩稍微差一点就不给我们融资了吗？你怎么说，半泽先生？"

被友之问到的半泽慌忙答道："没这回事。伴野有些失言了，请您原谅。"

然而，低头道歉的只有半泽，罪魁祸首伴野依旧用居高临下的目光看着友之。

"社长，我都是为您好。这件事，能不能仔细考虑一下呢？"

"别说了。"半泽制止道。

"出版业不景气的现状大概还会持续下去。"伴野并没有理会，继续道，"未来，出版社的经营会变成实实在在的体力比拼，贵公司有足够的资金支撑吗？"

"没钱就不如卖掉，是这个意思吗？"小春面露不悦。

"不不，我是说这也是经营策略的一种。"伴野连忙打圆场，"两位都还年轻，卖掉公司后可以获得一大笔资金，以此为本钱投资更有前途的行业不好吗？"

"我们的工作并非只为了赚钱，伴野先生。"友之苦口婆心地解释道，"我们公司，在艺术领域背负着社会责任，说明白点，我们有身为百年出版社的自尊心。"

"那样的话，就更应该投靠安全可靠的资本了。"伴野对此充耳不闻，"企划部也是，只是维持现状的话太可惜了。"

"是吗？都是我能力不够，抱歉了。"小春讽刺道。

"我不是这个意思。"伴野脸上浮现出近乎憨傻的谄媚笑容，却用和说出的话语完全相反的眼神看着小春，"但是啊，经营也是要靠经营专家的。专业的事应该交给专业的人，不是吗？"

"你太失礼了，伴野先生。春小姐可是从零开始创立了企划部，一直支撑着公司业绩。"

"我这么说，是为仙波工艺社好。"伴野用可怕的眼神瞪着插话的中西，"看起来，你们都不了解我的苦心啊。"

"够了！"半泽制止道，"仙波工艺社还没到要出售公司的地步，他们也不希望这么做。你不能强人所难吧。"

"身为银行的客户经理，你应该最了解公司的情况。"伴野用讥讽的语气回敬道，"就算是不中听的话，为了公司的发展，也是要说的。"

最后，伴野转头看向友之。"我今天过来只是打个招呼，方才失礼了。您不用马上回复我，请慎重考虑一下。"

面谈结束后，伴野坐上开到门口的出租车，扬长而去。

"这算什么？"中西目瞪口呆，"那种胁迫的话，亏他说得出口。"

"太嚣张了，在那家伙眼中，客户只不过是买卖的工具罢了。"半泽骂道，"反正，他肯定是冲奖金积分去的。"

今年四月开始，东京中央银行引入了新制度。促成 M&A，即企业并购案件的总行和支行将在业绩考核中获得奖金积分。积分数值巨大，由此可以看出银行对企业并购案的重视。

"为了这个，就无视客户的意愿吗？"中西因愤怒瞪大了双眼，一直盯着出租车消失的方向，"这样太对不起仙波社长了。友之社长和春小姐都气坏了。"

"伴野也该明白他们不想卖了吧。"

"会这样结束吗？"

半泽点了点头。但第二天，事情却以意想不到的方式再度被提起。

"半泽课长，过来一下。"

外出返回的半泽被脸色阴沉的浅野叫走，是正午刚过时发生的事。浅野是个喜怒都写在脸上的男人。

"听说，你对仙波工艺社的并购案表现得很消极？"半泽一走到支行长办公桌前，浅野就开口了，"大阪营本的伴野君为了促成并购特意上门拜访客户，到你这，就是这种态度？"

估计是伴野在背后搞小动作，告了半泽一状。

"仙波社长对并购毫无兴趣。"半泽答道，"我认为强行推进不太好——"

"因为他们没有兴趣，你就轻易认输了？"浅野用责备的语气说道，"你知道奖金积分的事吧。并购案谈成的话，我们支行也有加分。这可是关乎支行业绩的重要问题。你身为融资课长，觉悟太低了吧。"

"就是，半泽。"说话的是坐在旁边副支行长席上的江岛，"快反省！"

"您的意思，是要我推进对方并不想推进的并购案？"

半泽提出异议。

"仙波工艺社去年不是赤字吗？"浅野语气夸张地数落道，"况且，出版行业未来还会继续萎缩。现在可不是大阪某些风一吹就被刮跑的公司能轻松活下去的世道。不管仙波社长怎么说，并购对仙波工艺社的存续肯定是有好处的。"

"不，那个——"

看见半泽想反驳，江岛又开口："半泽，反省！"

"支行长，如果为难的话，就让我去试试吧。"不知道江岛哪里会错了意，居然主动请缨，"保管让仙波工艺社无话可说。毕竟这个提案，也是为他们好。"

"能行吗，副支行长？"

"当然。"江岛点头如捣蒜。

他又吩咐半泽："你也一起来。"

于是与江岛结伴再次拜访仙波工艺社，是当天傍晚的事。

3

"后来呢？怎么样了？"渡真利忍兴致勃勃地问道。

融资部企划小组调查员渡真利，是与半泽同期毕业于庆应义塾大学的同窗，也是行内一流的消息通。他的人脉遍布银行大大小小各部门，论消息网络之广泛，无人能与之比肩。

"并没有怎样。那个叫江岛的男人，不过是个虚有其表的花架子。"

"社长，我们营业本部的人说了许多失礼的话，实在太抱歉了。"

江岛战战兢兢地低头道歉，哪里还看得出信誓旦旦保证说服客户的自信。

"你是来道歉的吗？副支行长。"

"不不，我这次来是想请社长务必考虑一下我们的提案。"

"又是这事。我不是老早就拒绝了吗？我也是很忙的，拜托了。"

"不能再考虑一下吗？"

小波浪头下那张骇人的脸又浮现出谄媚的笑容。江岛把眉毛弯成了八字形，与言辞强硬地保证"让他们无话可说"的态度截然不同。半泽与同行的中西唯有目瞪口呆地看着这出"变脸戏"。紧接着——

"银行内部也提出了强化 M&A 的方针。"

江岛这句暴露底牌的话，毫无疑问是失言。

"那是你们银行自己的事吧。"友之并不买账。

江岛谄媚的笑容扭曲了。

"以前我也帮了你们不少忙，什么存点定期存款啦，办一两张信用卡啦。现在算怎么回事？为了银行的业绩要我连公司都卖了？副支行长，您是认真的吗？"

"不，社长您的心情，我当然非常非常理解。但是——"

"好了知道了，我会考虑的。"

友之似乎也厌倦了与之周旋。大阪人的"会考虑一下"，只是听上去不那么刺耳的拒绝。

然而——

"您会考虑吗？太感谢了，社长。"

江岛却信以为真，欢天喜地向浅野汇报去了。

"然后呢，浅野支行长怎么说？"

渡真利强忍住笑意，只是抖了抖肩膀。

"当然是把他臭骂了一顿，说他在大阪待了三年，连别人拐着弯拒绝都听不出来。"

两人在梅田站附近常去的居酒屋"福笑"喝酒。吧台对面，沉默寡言的店主正在专心地制作菜肴，他今年已经七十岁了。这家小店是由一对老夫妇和他们的女儿一起打理的。

"但是啊，伴野还真乱来。"

"就是因为有这种人存在，银行才会被误解。"

"说得没错。"渡真利赞同地点了点头。

他又压低声音说道："实际上，大阪营本现在由副部长和泉牵头，正在大搞 M&A 活动。他大概是想做出点成绩，讨五木行长的欢心吧。"

众所周知，东京中央银行行长五木孝光把企业并购案视为银行未来的收益支柱。然而，在银行这样的地方，多的是像忠犬一般对上司的意图过分解读的人。假如上司命令"向右转"，那这帮家伙什么都不会想，一天到晚就只会忙着向右转。向客户标榜银行理论，认为银行才是世界中心的，也是这帮愚蠢的家伙。

"M&A 未来会成为收益支柱，我觉得没错。"半泽说道。

因为中小企业的经营者正逐步老龄化。将来，那些缺少继承者的公司，的确会产生"企业并购"的需要。到那时，东京中央银行的 M&A 服务也许会成为一大重要业务。

"话虽如此——"半泽继续说道，"五木行长自己肯定不会怂恿没有实际需要的公司去做企业并购。"

"你说得对。"渡真利点头，"但是，行长一说出'要把 M&A

当成未来的重点业务'，他的话就不受本人控制了，最先往上扑的就是业务统括部的宝田部长。"

半泽在企划部时正面交锋过的业务统括部，是一个专门制订支行业绩指标的管理部门。

"那个人设定的指标完全没有意义。"半泽用在企划部时那样犀利的口吻批判道，"他就是为了定目标而定目标，连结果都不向支行反馈，完全把支行当傻瓜。"

半泽喝着酒，眼中浮现出怒意，"让那种家伙胡作非为下去，银行迟早要完蛋。"

设定徒劳无功、无法提高银行收益的目标，是宝田行为的本质。却有数万名银行职员为了毫无必要的业务疲于奔命，被迫进行无意义的加班。半泽想，单单只解雇宝田一个人，或许就能大幅度提高银行的效率。

紧接着，渡真利说出的事实令人意外：

"那个宝田，和大阪营本的和泉是同期，两人关系亲密。你知道吗？"

虽说是同期，但一个是部长，另一个却是副部长。在晋升这条路上，宝田无疑领先一步。

"不知道。"半泽摇了摇头，追问道，"然后呢？"

"那个和泉，和你们支行的浅野，是同一个大学的不同级校友。也就是说，那帮人是暗地里联系密切的'好朋友'。"

"原来如此，是这么回事啊。"半泽轻轻拍了一下大腿，"我就说嘛，总觉得浅野在偏袒大阪营本。"

"大概是和泉打过招呼了吧。据说那是某个重要客户提出的要求。"

渡真利的措辞耐人寻味。

"你知道并购方是谁吗？"

半泽瞥了一眼渡真利。

大阪营本的伴野直到最后也没透露是哪家公司有意并购仙波工艺社。仙波友之也不想询问对方的姓名。所以并购方是谁，目前尚不明确。

"听完你的话后，我来这里之前，特意找大阪营本的熟人打听了一下。"

"那怎么行，这可是业务上的机密。"

看到半泽一脸狐疑的样子，渡真利摆了摆手。

"我又不是大阪营本的人，没必要对他们尽情分。"

他又将嗓音压低，用只有半泽才听得见的声音说："是杰凯尔。"

"杰凯尔……"

意料之外的公司。

那是家新兴的互联网公司。其推出的虚拟购物商城广受好评，因而得以在短时间内扩大业务范围。公司创立五年便成功上市。社长田沼时矢是现今备受吹捧的明星企业家。

"杰凯尔为什么要并购出版社？"

半泽实在看不出两者的关联性。

"谁知道呢？许多成功企业家都对出版社有执念。"

"我不认为那个田沼时矢会做无意义的并购。"

半泽通过电视、杂志的采访，还有主力银行东京中央银行内部的传闻，对田沼其人有些许了解。他是个彻头彻尾的合理主义者，对利益尤其敏感。赚钱的事什么都做，不赚钱的事一概不做。他应该是那样的人。

"那位田沼社长也是有爱好的。"渡真利语出惊人，"实际上，他是个世界知名的绘画收藏家，特别热衷于收藏现代美术巨匠仁科让的作品。他不但以收藏仁科让数量众多的画作自矜，还是和仁科让关系亲密的资助人。"

听到仁科让的名字，半泽脑海里浮现的第一个画面，是那幅挂在仙波工艺社社长办公室的《哈勒昆》。

仁科让是成就极高的日本现代画家。与他短期内一路攀升的名气一同为世人津津乐道的，是他毕生的绘画主题——"哈勒昆与皮埃罗"。与其他画家相比，他的作品更类似于漫画人物风格。以流行笔触描绘的作品一经问世，便立刻获得画坛认可，成为仁科让的代名词。

然而，真正确立仁科让的声名，让他成为无可撼动的传说的，却是三年前他谜一样的死亡。在巴黎的画室，仁科亲手结束了自己的生命，但原因不明。

谜依旧是谜，仁科让则作为一名谜团重重的现代派画家，赢得了无可比拟的画坛地位。

渡真利继续说道："明年春天，神户市内将建造田沼美术馆，仁科让的作品是重头戏。田沼美术馆的事，你也知道吧。"

渡真利之所以意味深长地看着半泽，是有原因的。批准这间美术馆的建设费用——三百亿日元融资款的，正是当时的大阪营业本部次长宝田信介。抱定田沼大腿的宝田，不仅争取到了杰凯尔主力银行的位子，还拿下了巨额融资项目，因此在行内一战成名。凭借这些业绩，他荣升为业务统括部部长，在晋升之路上将同期远远地甩在了身后。

"如果是个美术痴的话，可能会想收购仙波工艺社。特别是《美好时代》，还是很有吸引力的。"

"将权威杂志纳入美术馆旗下吗？怎么想都有点……"

半泽并不同意。

"那位老兄懂这些人情世故吗，那个叫田沼时矢的男人？"

渡真利歪头沉思。

"不管他懂不懂，仙波社长已经拒绝了。如此一来，他们应该没戏唱了。"半泽说道，"想要出版社的话，还有其他出版社也出版美术类的专业杂志。为什么非得是仙波工艺社呢？你问过原因吗？"

"问是问了，但没问出来。硬要说的话，可能是所谓的田沼魔法吧。"

田沼魔法——在商业上接二连三取得成功的田沼，其经营策略被世人如此评价。

"总而言之，大阪营本正在拼了命地讨田沼欢心。只要田沼高兴了，今后杰凯尔的 M&A 案件还会像雪球似的一个接一个地滚过来。田沼社长似乎对仙波工艺社志在必得，恐怕会采取强硬手段。"

半泽冷哼了一声。

"不管是田沼还是谁，要是敢硬来的话我一定奉陪到底。保护客户是支行客户经理的义务。"

"为此，也不惜与支行长一较高下？"渡真利突然耸了下肩膀，叹了一口气，"唉，你要是继续干这种事，短时间内，应该是回不了总行了。"

4

"社长，十分抱歉，我们也积极交涉过了。但是，仙波工艺社好像没有这方面的意向。"

大阪营业本部副部长和泉康二双眉紧锁，不断用手帕擦拭额头冒出的汗珠。他的旁边，站着惶恐不已的伴野。

二人所在的地方，是距离梅田站不远的杰凯尔总部，豪华的社长办公室内。

这个房间总给人一种高级俱乐部娱乐室的感觉。意大利进口的高级沙发下，铺着几乎要把鞋底包裹进去的厚地毯。一个精瘦的男人坐在茶几对面。他穿着修身的长裤，赤脚穿一双平底鞋。衬衫的前两个纽扣松开，露出一条金项链。

他便是杰凯尔社长田沼时矢。此人注重外表，是位年龄不详的单身人士。如黄鼬一般细长的脸上，小而圆的瞳孔散发着炯炯精光。

"我一定要得到仙波工艺社。必须得到，明白了？"

田沼那刺痛耳膜的尖锐声音一出，两名银行职员立刻低头答道："是。"

"和泉副部长，你说过的吧。仙波工艺社那样的小公司，轻而易举就能拿下。现在跟你说的完全不一样啊。"这种神经质的说话方式将田沼的黏液气质①展露无遗，"你该不会想劝我收手吧？"

"怎么会。"和泉垂下的侧脸因焦虑而变得苍白，"考虑到仙波工艺社的未来，加入贵公司旗下是最好的选择。仙波社长对这一点认识不清，我们会再说服他的。"

这道歉极其死板。

"真靠不住啊。"田沼说道，"未来，我们公司还计划积极推进并购战略呢。东京中央银行有能力胜任吗？"

"当然能。"和泉的头越来越低，他把眼睛转向上方，朝田沼看去，"我行具备负责大型并购项目的顶级专业能力。请您放心地交给我们。宝田也多次说过，请您多多关照。"

"要是宝田部长的话，这种小案子，肯定三两下就搞定了。"

"十分抱歉。"

这次，和泉侧脸露出的却是不甘的神情。宝田与和泉是同期入行的职员，避免不了骨子里的竞争意识。

"我们必定会给您一个满意的答复。能否再宽限一段时间？"

---

① 黏液气质的人具有冷漠、迟缓、固执等性格特点。

和泉的头几乎要低到膝盖中间。

"既然都说到这个份儿上了，就再等等吧。"

终于，田沼吐出这么一句话。

——得救了。

"非常感谢。"

与伴野一同再度鞠躬的和泉，侧脸紧紧地绷着，面色苍白。

5

　让 - 皮埃罗·佩蒂特是小春在巴黎美术馆工作时认识的朋友。在当时，这个男人就是知名的一流经纪人，不但与数量众多的美术馆保持密切联系，还拥有遍及欧洲全境的个人收藏家网络。

　这次小春主导的画展"法国印象派展"，就是由让 - 皮埃罗负责法方的协调统筹工作。这个画展是每朝新闻社主办的特别展览，全国共设五个会场，入场人数将达到八十余万人，是名副其实的大型企划活动。对于计划扭亏为盈的仙波工艺社来说，是今年最大的主打项目。

　听到让 - 皮埃罗紧急来日本的消息时，小春突然有一种不祥的预感，一定发生了什么。

　眼下，准备工作即将迎来收尾阶段。在本应忙碌得脚不沾地的时节，让 - 皮埃罗突然来日本，只能是因为出了什么麻烦。

小春因让 - 皮埃罗的到来紧急赶往东京，在他常住的东京柏悦酒店会客大厅等他现身。

约定的时间是下午六点，让 - 皮埃罗准时出现在大厅的酒吧。如果是平时，他一定会以"法国时间"为理由迟到。小春越发感觉不安。

"奥赛美术馆拒绝出借这次特别展览的展品。"

预感变成了现实，小春说不出话来，只能一个劲儿地盯着他。

让 - 皮埃罗继续说道："你介绍的赞助商——御门海上火灾保险公司最近似乎因为某起美术品事故与奥赛美术馆产生了纠纷。"

"纠纷是指？"

"应该跟保险有关吧。具体不清楚。"

虽说不应该发生，但借出的美术品在运输过程中被损坏的事，确实时有发生，因而才需要保险。然而，因为签约时附加了各种条件，关于保险金的理赔产生龃龉也不是什么新鲜事。

"都到这个时候了，你在说什么？我们连广告宣传的流程都敲定了，已经开始着手宣传了。"

看着惊慌失措的小春，让 - 皮埃罗说道："不能把御门去掉吗？"

"绝对不行。最开始赞助我们的东西电视台擅自退出，多亏了御门才使项目能够成立。如果把他们拿掉，这个项目就进行不下去了。"

"是吗？太遗憾了。"

"这不是遗不遗憾的问题，你不能再想想办法吗？"小春拼命哀求道。

这个项目如果流产，对仙波工艺社而言，就是关乎生死的问题了。在平时，让 - 皮埃罗或许能与几个能够左右奥赛决定的重要人物搭上关系。

然而——到了如今这个地步，就连神通广大的让 - 皮埃罗也只能盯着脚尖，摇了摇头。

"没用的，这是奥赛决定好的事，没有商量的余地。损失总能补救的，这次的特别展览，就先叫停吧。"

在这个瞬间，预计今年内扭亏为盈的计划成了泡影。仙波工艺社的业绩前景，霎时间阴云密布。

6

"两亿日元吗……"

半泽喃喃自语，目不转睛地盯着友之递过来的仙波工艺社试算表。

十二月是结算期。然而，从一月份到现在，已经出现了四千万日元左右的赤字。

"问题是去年的决算，去年已经有接近一亿日元的赤字了。"正如半泽身旁的中西所言，"再这样下去，今年也可能产生同样数额的赤字。"

"为了弥补临时取消的展会的缺口，企划部也在努力。我想，应该不会和去年一样。"说话的是会计部部长枝岛直人。

枝岛已迈入五十岁后半程，他戴着厚厚的圆形合成塑料眼镜，消瘦的身上套着一件肥大的衬衫，看上去像是从昭和初期穿越过来的男人。

"出版部门也会努力补救，拜托二位了。"友之社长补充道。

"努力补救，具体指什么呢？"半泽问道。

"我们会从根本上调整现在的杂志内容，提升对目标读者群的吸引力。"

友之的回答过于空泛。

半泽目送二人的背影消失在通往一楼的台阶上。

他吩咐中西："马上动手写融资申请。"

融资申请相当于银行内部的企划书。

"这次融资，可不容易啊。"

"最糟糕的情况，就是连续两年赤字，外加无担保。"

中西也很清楚，仙波工艺社并没有资产余力做融资担保。"或许连支行长那关都过不了。"

银行的融资，根据融资总额与条件，分为支行长审批就能发放的融资和需要总行审批才能发放的融资。仙波工艺社属于后者。

也就是说，难关有两道。

一道是支行长浅野。他的授信态度，即融资倾向极其保守，是那种遇到危险的桥，绝对会绕道走的人。

另一道关卡则是融资部。负责仙波工艺社的调查员猪口基，人称"猪八戒"，是个粗鲁且冷酷的男人。与他肥硕的面孔形成对比的，是他细腻的心思。他是那种喜欢在鸡蛋里挑骨头的人。

一番辛劳之后，中西终于写完仙波工艺社两亿日元流动资金融资申请，是几天之后的事了。

意见栏写了十数张稿纸，是篇心血凝结之作。主旨在于如果银行不批准融资，仙波工艺社将难以为继。中西经过详细的分析之后在结尾附上了结论。

半泽做了些许修改，将它提交给副支行长江岛。时间还没过三十分钟——

"半泽君，过来一下。"江岛眉头紧锁，伸手招呼半泽，随后问道，"你啊，到底在想什么？"

"您这话什么意思？"

"我是说——"

满脸焦躁的江岛瞟了一眼空荡荡的支行长席，浅野因外出并不在行内。"仙波社长不是拒绝了并购提案吗？现在却因为公司即将连续赤字向银行贷款。刚驳回我们的提案，嘴上的唾沫还没干呢，就想借钱？不是太可笑了吗？"

"这是两回事吧。"半泽说道，"况且，他们也不一定会连续两年赤字。"

"公司里养着亏钱的编辑部，能那么容易翻身吗？"江岛斥责道。

接着他又压低声音说："现在还不算迟，再劝他考虑考虑并购的事，怎么样？"

"仙波社长没有出售公司的意向，您自己不是亲自确认过了吗？"

或许是想起了前几日自己主动请缨去交涉的事，江岛露出厌恶的表情。

"你以为浅野支行长会批准这种贷款吗？"

"如果不给他们融资，仙波工艺社会破产的。"

江岛连忙翻开写着仙波工艺社融资总额与担保条件的一览表。全部是裸授信，即无担保授信。一旦企业破产，涉及的"坏账"金额将不低于三亿日元。

一家公司产生"三亿日元"的坏账，即使是在东京中央银行也绝非小事，浅野今后的人事考核必然会因此留下污点。当然，江岛和半泽也不例外。

"我们银行一直作为主力银行支援仙波工艺社，并且，仙波工艺社也从没和其他银行打过交道。现在他们业绩亏损，能施以援手的只有我们了。您想见死不救吗？"

听到这句话，连江岛也无话反驳。

"现在，仙波工艺社为了扭亏为盈正在竭尽全力拼搏。请您支援他们。"半泽又恳求了一遍。

"你，对这个融资，有信心吗？"江岛问道。

"要是没有信心，就不会提交这份申请了。"半泽斩钉截铁地说道。

江岛依旧用怀疑的眼神打量了他一番。

"哼，既然你这么说了。"

终于，江岛把这份申请扔进了浅野支行长的未处理文件盒中。

7

"前几天仙波工艺社的事，不能再想办法劝劝社长吗？"大阪营本副部长和泉郑重其事地说道。

他那光亮的头皮因酒精的刺激泛起红晕，在包间的灯光下闪闪发亮。

这是位于难波①的一家怀石料理店，是家历史悠久的老店，附赠的鲐鱼寿司十分美味。被和泉带来一次之后，浅野偶尔也会光顾这里。

"目前虽说没有出售公司的意向。但那只是家中小企业，谁也不知道会发生什么意外。今天他们还因为某个大型项目流产，申请两亿日元的融资呢。"

---

① 这里的难波是大阪的一个区，与前文的"难波"意义不同。

"流动资金吗？"

开口询问的是业务统括部部长宝田信介。宝田的大背头上涂满了发油，他戴着金丝眼镜，衬衫的袖口别着闪闪发光的袖扣。

他是个长年工作在销售岗位的人，能说会道，是名典型的"昭和"销售，靠在酒桌上和着"黄色小调"跳自创舞蹈发迹。他把讨好杰凯尔社长的自己比作讨好织田信长的羽柴秀吉[①]，一样的小心翼翼、卑躬屈膝。即便是恭维他的人，也很难将他评价为理论派。

此时，宝田眼中开始闪烁异样的光芒。

"那天因为外出，我没有细看交上来的融资申请。但他们的业绩一路恶化，我也正为难呢，实在是不好批啊。"

"不不，这件事很有趣。"宝田说道，"如果不批贷款，仙波工艺社会怎么样？"

"大概……会破产吧。"

"那么，仙波工艺社现在是孤注一掷了。如果这个时候，融资申请意外地进展不顺，你觉得会怎样？"

"社长一定会着急吧。这可是关乎生死的钱啊。"

浅野突然吃了一惊，总算明白了宝田的意图。

"融资申请如果进展不顺，仙波社长的想法也会改变。你不这么想吗？浅野君。"宝田说出浅野心中所想，"越是在紧急状态下，越能看清事实的真相，这种事也是有的吧。"

"问题是怎么做。"和泉抱着胳膊，像是在筹谋什么一般，抬

---

① 丰臣秀吉的原名，日本战国三杰之一。

眼看着天花板，"这件事必须做得高明。融资进展不顺必须有相应的理由。"

"副支行长事先说过，他们是赤字，又没有担保。"

"不，这还不够。"和泉缓慢地摇了摇头，"需要更充分的理由。你应该也不想被人指责故意拖着不批贷款吧。说什么因为支行长不批贷款，把企业逼到绝境之类的。"

"那当然不想。"浅野重重地点了点头，"但是……我想不出什么合适的理由。该怎么办呢？"

"我们对仙波工艺社做了各项调查，发现了一件有趣的事。"和泉压低声音说，"五年前发生的某件事，疑似与仙波工艺社有关。一件不太好的事。"

"什么事？"

和泉说这是总行的传闻，向浅野慢慢道来。浅野听得瞠目结舌。宝田似乎早已知晓，只是安静地喝酒。

"这，这件事由我指出来好吗？"

浅野有少许不安。

"不用你说，融资部会说的。"说这话的是宝田，"北原是个严格的人，对合规问题十分看重。对存在负面传闻的公司，他不会轻易松口的。只要身为支行长的你不积极推动。"

"我哪里会做这种事。"浅野连连摆手。

"那么，就请宝田业务统括部部长提前向北原部长打声招呼吧。"和泉欣喜地说道。

"接下来要做的，就是等待时间流逝。"宝田露出卑琐的笑容，

"离需要资金的日期越近，仙波那边就越着急。然后他们就会意识到，为了避免员工流落街头，最好的选择是什么。我们看准时机，就可以劝他们：'卖掉公司怎么样？会比较轻松啊。'"

"原来如此。"浅野似乎十分佩服，"不愧是身经百战的前辈，这样的损招我自愧不如。"

"你这是在夸我，还是在骂我？"宝田瞪着眼睛问道。

"当然是夸您。"浅野回答。

宝田皱起眉头，"真是的，就因为这样我才讨厌人事官僚。"

宝田出了名地厌恶人事部门，如果不是与和泉关系亲密，他应该不会跟浅野打交道。在这层意义上，宝田心中对浅野的真实看法是什么，还不得而知。

"你和我们这样的人做朋友，也会成为彻头彻尾的坏蛋哪。对吧，和泉。"宝田揶揄道。

"正义战胜邪恶只存在于故事中。"和泉一脸正色地说道，"现实世界里，获胜的往往是坏蛋，是损招。这年头，白痴也能成为正义的伙伴。但能做坏蛋的，却必须是聪明人。"

"这招叫作断其粮草。浅野君。"宝田说道，"杰凯尔的田沼社长说过，无论如何都要得到仙波工艺社。我们得让他如愿啊。"

"那么，这么做如何？"浅野提议道，"当融资部把申请驳回时，向仙波工艺社提一个条件。就说，按照目前的情况融资很难获批，但如果接受并购提案，就还有商量的余地。"

"怎么样？"浅野观察着两位前辈的表情。

"这个好。"和泉拍了下大腿，表示对浅野的提议十分满意。

"你觉得呢？"他又转头问旁边的宝田。宝田喜形于色，唇间的笑意无法掩饰。

"你很有做坏蛋的才干哪，太棒了。话说最近，这个怎么样了？"说着，宝田摆出高尔夫球的挥杆姿势，"听说你最近练得很勤。"

"前几天的成绩是一百零一杆，离破百[①]就差一步。"浅野双眉紧蹙，露出懊恼的神情。

"那太可惜了。"和泉语气夸张地说道，"不过，再练一段时间就好了。你才开始练习一年而已，也有这方面的天赋。过不了多久，恐怕我们也打不过你。"

"怎么会，怎么会，您二位可是个中高手，我哪里比得上。"

"过奖了。"宝田被夸得心满意足。

常年在销售部门工作的宝田球技高超，喜欢一年到头泡在高尔夫球场，把自己晒得黝黑。

"高尔夫也好，这样的谈判也好，最重要的是握杆姿势和方向感。拜托了。"

或许是预感到仙波工艺社的并购即将成功，宝田连绵不绝的笑声，渐渐融化在了难波夜晚的静谧中。

---

① 高尔夫球中，挥杆数越少成绩越好，破百指打进一百杆以内。

8

　　"仙波工艺社的申请，支行长到最后也没批，他到底有什么打算呢？"

　　听到中西的话，半泽把喝到一半的烧酒杯握在手上，思考了一会儿。中西旁边坐着课长代理南田，他似乎也是一筹莫展的样子。

　　这是星期五的晚上，半泽他们早早处理完工作，来到支行附近的居酒屋。这是他们常去的店，为了谈话内容不被泄露，店员将众人带到里侧的卡座。

　　这天傍晚，副支行长江岛将仙波工艺社的申请提交给了浅野，浅野连看都没看一眼，直接说道："这种融资，我不想批。"

　　"大型的企划展也叫停了，所以他们一定是连续两年赤字。你要我贷款给这种公司，而且还没担保？"

"目前虽然是赤字，但仙波工艺社为了扭亏为盈正在采取各种补救措施。我们作为主力银行，应该——"

"没这样的道理。"浅野打断了江岛的发言，"贷款给他们的好处是什么？那点微不足道的利息吗？风险和收益根本不成正比。他们为什么要拒绝并购？都已经到了这步田地，接受并购才是上策，不是吗？"

总而言之，浅野还在为并购的事耿耿于怀，似乎还想赚取奖金积分。

"话说回来，浅野支行长似乎逮着机会就劝客户把公司卖掉。"

说这话的是围坐在餐桌旁的年轻行员中的一个，名叫垣内。"他真的口不择言，说什么趁业绩还没恶化尽早卖掉之类的。望月钢铁的社长都快气疯了。拜他所赐，我们只有不停道歉的份儿。"

"我也听说了。"另一个行员说道，"太阳建设那边，他去劝人并购别家公司，完全是霸王硬上弓。他还冷不防地说了这么一句话，说银行会借你们二十亿，放心大胆地收购吧。那里的社长也正发愁呢。"

"您不能想想办法吗？课长。"南田叹息道，"再这么下去，我们会失去客户信赖的。"

"仙波工艺社也一样，他应该也盘算着让他们卖公司。"半泽说道。

"那样的话，那份申请——"南田抬起头，意味深长地说道，"他可能到最后都不会批。"

"请等一下，并购和融资完全是两码事吧。"中西慌忙提出异议，"而且，这次的两亿日元，对仙波工艺社来说是救命钱。作为主力银行，就该在这个时候予以支援啊。"

"别太激动，我明白。"半泽安抚道，"今天还没出结果。支行长之后会怎么做，再看看情况吧。重要的是之后。"

"浅野支行长脑子里装的，说到底只有眼前的得失啊。"中西的抱怨并没有停止，"他完全没有站在仙波工艺社的立场考虑，就是个典型的总行官僚。"

"那种银行职员，多得像星星。"南田说道，"所以啊，你千万不能变成那种人。"

半泽有些同情地看了南田一眼。他是个正直的人，迄今为止，不知道被多少那样的上司和同事利用，做了别人的垫脚石。正因如此，他才没办法摆脱万年课长代理的头衔。这世道，总是让老实人吃亏。而支援着众多中小企业的，却恰恰是像他这样有志气的银行职员。

"不过，这对浅野支行长来说也很棘手吧。"南田把话题拉回，"我觉得，他不会不批的。"

"问题是时机啊。"中西说道，"如果不尽早批准，就会造成资金短缺。那样的话，仙波工艺社也会破产啊。"

"应该不至于到那一步。"半泽开口，"浅野支行长也不想因为自己的判断让银行背上不良债权，问题在于收手的时机。也就是说，在什么时候，以什么条件批准——"

半泽用手指抵住额头，陷入沉思。

"拜托您了，课长。"中西表情严肃地低下了头。

他之所以如此郑重，是因为一旦出现什么紧急情况，说服浅野便成了半泽的工作。

但是，浅野并不是那种能被轻易说服的人。

半泽重重地叹了一口气。

接着，便到了新一周的周一。

"半泽君，稍微过来一下。"朝礼过后，浅野把半泽叫到自己的办公桌前。

"仙波工艺社的这份申请，真的没有担保吗？"他问道。

"很遗憾，真的没有。"

是吗？浅野思考了片刻，做作地将申请书翻得哗啦作响。这与上周那种彻底否决的态度似乎有哪里不同。南田与中西两人也站在办公桌前。

"我也考虑了很多。去年是赤字，今年到目前为止也是赤字，并且没有担保。给这样的公司贷款两亿日元要背不小的风险。这一点，你也清楚吧。"

"当然。"半泽答道。

浅野一动不动地盯着半泽的脸，看了数秒钟。旁边的副支行长席上，江岛正敛声屏气地关注着对话的走势。他自然是打算出现什么状况时适时地助浅野一臂之力，但目前还看不清浅野的意图，所以只好袖手旁观。

"有句话我要说在前头，这种贷款，我实在不想批。"

难道，浅野会这样拒绝吗？

半泽绷紧了身体。

"但是，如果被人指责因为不批贷款，而把企业逼到破产。老实说，也挺麻烦的。"浅野继续道，"更何况，还要背上三亿日元的不良债权。到那时，我可是万死难辞其咎。"

浅野那双凝视着半泽的眼睛里，流露出五味杂陈的情绪。

"您会批准吗？"半泽问道。

浅野并没有回答，而是当场批准了那份申请。

"这就是我的结论。不过老实说，这只是为了避免不良债权而做出的消极判断。"

浅野撂下这么一句话后立刻从座位起身，又把自己关进了支行长办公室里。

"太感谢了，课长。"中西满面笑容地说道。

南田则松了一口气。

"唉，亏我还那么担心。"

将申请书发送给融资部后，中西越说越兴奋，好像那份申请已经获得了最终批准一样。

"或许会有一些争议，但问题应该不大。"

如南田所言，半泽对此也比较乐观。

那个时候就连半泽也没想到，融资部的拒绝理由竟会如此出人意料。

9

"中西，融资部的猪口调查员找你。"

融资部打来电话，是在第二天下午五点过后。中西紧张地接起电话。一旦开始审核融资申请，最先被调查员联络的一定是企业的客户经理。

"总算来了。"坐在半泽前面的南田头也不回地说道。

半泽只能听到中西这边的回答，附和声里时不时混杂着一两句"对不起"。由此可见，中西似乎遭到了对方的盘问，但不清楚具体内容。

不知过去了多久，中西突然高声喊道："怎么可能——"半泽不由得转过头去。南田也停下手里的工作，担忧地看着中西的背影。

"好像被'猪八戒'单方面碾压了。"南田说道。

确实，入行刚刚两年的中西与资历深厚的调查员猪口，在经验上差得不是一星半点。

"明白了。我先挂了——"

放下听筒的中西脸色苍白地朝半泽的座位快步走来。

"不得了了，课长。猪口调查员说了件意想不到的事——仙波工艺社曾经参与过预谋性破产。"

"预谋性破产？"这实在太过突然，半泽不禁反问道。

出于某种目的有预谋地使公司破产，让债权人蒙受损失，这便是预谋性破产。但是再怎么想，仙波友之也不可能做这种事。

"猪口说既然有这种嫌疑，就不能向他们融资。"

"详细经过问过了吗？"南田问道。

"他没说，让我自己查，说是五年前的事。"

"五年前，为什么现在才……"

当然，那是在半泽和中西担任客户经理之前发生的事。

"猪口调查员好像也是最近才知道的。他说即便发生在五年前，也不能忽视合规问题。"

"客户档案里有相关信息吗？"

如果是重大事件，当时的客户经理应该会将经过写下来，保存在档案里。

"没有。"中西摇了摇头。

不过，如果有那种信息的话，半泽应该早就注意到了。

"总之，先去档案室一趟，找找以前的资料。"半泽吩咐道，"然后，再找友之社长了解情况。"

"明白了，如果时间来得及，我今天就去找社长吧。"

"我跟你一起去。"

半泽刚说完——

"半泽课长。"他背后传来了副支行长江岛的声音，"有事交给你，今天，你能不能出席一下'祭典委员会'，这是今年的第一次聚会。"

"我吗？"半泽深感意外，他瞥了一眼不知什么时候起空无一人的支行长席，"那个，支行长呢？那个聚会，向来都是支行长出席的呀。"

东京中央稻荷神社的"稻荷祭"拥有超过五十年的历史。每年，大厦楼顶的祭祀活动结束之后，银行还会邀请重要客户参加晚宴。借祭典之机拜托客户提供各种业务支持是大阪西支行的传统。为祭典做准备工作的祭典委员会是由大阪西支行最重要的十家客户组成的氏子①之会。出任会长的是立卖堀制铁的本居竹清。参会的每一家公司都可以说是支行的衣食父母。

"那种大人物的聚会，银行派我去，怕不够分量吧。"半泽说道，"支行长到底去哪了？"

"他说，有重要的事情……"江岛的语气也软了下来。

"重要的事？祭典委员会才是最重要的吧。"

"这我难道不清楚吗？"江岛发起火来，但看向半泽的视线却

---

① 神道教名词。信奉和祭祀某一地区氏族祖先神或镇守神（保护神）、地方神的居民，被认为是这些神的子孙、后代。每一氏族神社把管区的居民统称为氏子。这里指祭典委员会的客户是"稻荷神"的氏子。

无力地移向别处。

"重要的事是什么事？"

"我问了，但他说让我别管。"

江岛似乎也不清楚内情。

"这事不好办啊，但再怎么样也轮不到我吧。应该由江岛副支行长代替支行长出席啊。"

听到半泽的话，江岛丑陋的五官皱了起来。

"我今天跟空穗制作所的春本社长有约，这个时间也不好爽约。"

"我是可以去，但客户那边就不知道会怎么说了，毕竟都是些严格的客户。"

"这我也清楚，总之你先去吧，想办法安抚一下。至于支行长，你就说他突然有急事，实在没办法出席。千万不要失礼于人，知道吗？千万千万。"

江岛伸出手指在半泽的鼻尖晃了晃，他抬头看了眼墙壁上的挂钟说："啊，都这个时候了。"说完他便急急忙忙赴约去了。

"我们这边也很忙啊，这叫什么事儿。"看到江岛的身影消失在门口，南田咂了咂舌，"何况还是如此紧急的情况。"

"没办法了，总之，祭典委员会我去参加。中西，仙波工艺社的事，拜托你了。"

留下这句话，半泽连忙向委员会会场赶去。

然而和预想中一样，祭典委员会的会场，叫人如坐针毡。

"浅野支行长为什么不露面？"

面对委员们的质问，半泽唯有一个劲儿地低头道歉。等他返回支行，已经晚上八点多了。

"课长，辛苦了。"中西开口道。

多数行员已经回家，只有南田和中西两人留了下来，他们似乎在等半泽。

"怎么样了？"

听到半泽的询问，中西抱着一摞旧档案走了过来。

"档案里完全没有预谋性破产的记录，但有一件事令人担心。"

中西说完将档案递了过去，那是五年前仙波工艺社遭遇的"赖账事件"——借出的资金未被归还的事件。

中西继续说道："大约五年前，仙波工艺社曾借给某家房地产公司三亿日元。但那家公司最终破产，无法偿还债务。猪口调查员说的五年前的资料我全看了，能和预谋性破产扯上关系的只有这个了。"

"那家破产的公司，有点奇怪。"接过话头的是南田，"资料显示，借款对象是一家叫堂岛商店的房地产公司。金额是三亿日元，原本约好一年内归还。但堂岛商店却在借到钱之后短短三个月内破产。仙波工艺社是受害方，猪口说的预谋性破产，恐怕是指堂岛商店。"

南田继续道："我调查了那次破产。堂岛商店在破产前似乎还清了所有客户借款。最终，被赖账的只有仙波工艺社和与之打交道的银行，其中就包括我们的梅田支行。那次总共产生了十五亿日元坏账。这种事，没有预谋是做不出来的。"

"坏账"指的是不良债权。

"原来如此。这倒是符合预谋性破产的特征。"半泽用手指托住下巴，专注地思考着，"仙波工艺社参与那次破产的证据呢？"

"我把当时客户经理写的记录和报告都看了一遍，至少那些资料里面，没有提到过仙波工艺社参与其中。"

"但是，三亿日元的金额太大了。"这是半泽在意的地方，"那个堂岛商店和仙波工艺社是什么关系？"

"堂岛商店的社长，似乎是友之社长的舅父。"中西答道。

"把钱借给亲戚吗……"半泽小声嘟囔。

"是。但是，一个铜板都没还，三亿日元全部赖掉了——"

也怪不得南田困惑，这件事的确有点古怪。

假设这真是堂岛商店的预谋性破产，身为亲戚、关系亲密的仙波工艺社为什么会成为受害方呢？如果是亲戚，一般来说会尽量避免给对方添麻烦。

"或许有什么复杂的内情。"中西说道，"总之，我约了友之社长明天一早见面。"

"我也去。"半泽说道，"这才刚刚开始呢。"

"贷款审批怎么样了？好像不太顺利是吧？"友之故意用明快的语气问道，眼神却格外认真。

他身旁坐着会计部部长枝岛。枝岛正透过牛奶瓶底一般的圆形镜片，用耿直的双眼注视着半泽和中西。他身旁的小春也是神情严肃。

流动资金，永远是公司的生命线。

公司，无论何时都需要钱。营业额增加也好，减少也好，业绩一飞冲天也好，跌入谷底也好，无时无刻不需要流动资金。公司，就是如此麻烦的生物。统率全局的经营者所背负的精神重压，旁人绝对无法感同身受。那种痛苦，只有身在其位的人才能了解。

银行职员常常要与身处这种压力之下的经营者对峙，见证后者的命运是他们的义务。这是极其重要，却又极其残酷的使命。

"事实上，融资部说了件意外的事。我们今天过来，就是为了了解情况。"半泽切入了正题，"大约五年前，一家名叫堂岛商店的公司赖掉了贵公司三亿日元的借款。我们的融资部认为这是预谋性破产，怀疑贵公司参与其中。"

"我们公司？太荒唐了。"友之愤然说道，"确实，预谋性破产的传闻我也听说过。但我们怎么可能参与其中呢？公司可是损失了三亿日元啊，我们明明是受害者，为什么要这么说呢？"

"您能详细说一说经过吗？"半泽郑重其事地拜托道，"想要促成这次融资，就必须厘清当时的事实关系。"

"既然如此，那我就告诉你们吧。那是很久以前的事了。"

友之抓了抓后脑勺，似乎不是很情愿。

"拜托您了。"半泽再次恳求道。

"真拿你没办法，这话说起来可就长了。"

友之先向众人打好招呼，开始说起那段尘封多年的往事。

第二章　家族往事

1

　　"仙波工艺社由我的祖父创立，我的父亲是第二代经营者。父亲原本的志向是当一名演员，年轻时曾在东京的剧团待过。他虽然是个戏剧痴，又长得潇洒英俊，但还是没能成为专业演员。后来，他以结婚为契机，进了祖父经营的公司。那年，父亲三十岁。当时，祖父认为梦想做演员的父亲并不适合继承家业，因而打算从公司内部挑选继承人。但因为父亲回心转意，祖父也不得不改变了想法。现在想来，如果经营公司的不是父亲，而是懂经营的优秀人才，仙波工艺社的规模或许会比现在大上许多。父亲的结婚对象，也就是我的母亲，是堂岛家的小姐。当时的堂岛商店是一家小有名气的公司。母亲也是那种养在深闺不知人间疾苦的千金小姐。当她提出要跟在东京相识的父亲结婚时，母亲的父亲，也就是经营堂岛商店的外公表示坚决反对，说怎么能把最宠爱的女儿嫁给那个不入流的小演员。正因如此，父亲才心不甘情不愿地放弃演员之路，回来继承家业。虽然那人是我父亲，但如果我是外公，大概也会说同样的话吧。"

友之继续说道：

"父亲继承仙波工艺社两年后，母亲生下了我。不巧的是同一年，祖父因病猝死。祖父名叫仙波雪村，毕业于东京帝国大学。他在报社工作过，后来凭借犀利的文笔成了独当一面的评论家，尤其以美术评论著称。但是，他不满于杂志社对自己文章忽冷忽热的态度，索性起了自己创办杂志的念头。他在富有的双亲资助下创立了仙波工艺社，公司发展得顺风顺水。创办的杂志《美好时代》也在短时间内迅速成为美术评论界不可取代的权威杂志。雪村自己担任主笔，同时也发挥着身为经营者的才干，是不可多得的全才。然而在他离世之后，仙波工艺社却在一夕之间陷入困境。"

友之用淡淡的语气继续讲述：

"祖父去世后，出任社长的自然是资历尚浅的父亲。对此事感到不满的员工纷纷辞职，不仅如此，他们还创立了一家叫新美术工艺社的公司，预备和仙波工艺社打擂台。形势一下子变得严峻起来。我们家老头子和剩下的员工一起重建了千疮百孔的编辑部，打算从竞争对手手里夺回市场份额。但是，他到底是个经营外行。从前一直在做演员的人即使担了社长的虚名，仅凭两三年的工作经验，也是无法改变现状的。公司业绩越来越糟，仙波工艺社难以为继，最终被逼至破产边缘。"

喝了一口面前的茶水，友之叹了一口气。那叹息声显得沉重而忧郁。如今同为经营者，他似乎也能理解孤军奋战的父亲的心情了。

"你们一定觉得奇怪，明明说的是预谋性破产的事，为什么要牵扯这些陈年往事。但事情的根源要追溯到几十年前，所以，请你们耐着性子听我讲完。"

友之继续说道：

"父亲经营的仙波工艺社陷入了自创立以来最严重的危机之中。当时，公司还遭到了银行的背弃。融资给仙波工艺社的银行要求返还七千万日元贷款，父亲为了筹钱东奔西跑。那时，把被逼到破产边缘的公司挽救回来的，是母亲。母亲跑回娘家堂岛商店，拜托外公务必垫付这七千万日元。这件事说来，其实是仙波家与堂岛家的家族往事。"

坐在半泽旁边的中西专心致志地听着友之的讲述，唯恐漏听了只言片语。

"堂岛家原本是近江的商户，家里的二少爷名叫富雄。大正时代，富雄拿着父母给的少许钱财只身到大阪闯荡。他是个脑筋灵活的经商好手，通过野蛮粗放的房地产投资狠赚了一笔。在当时的大阪，说起堂岛商店，可以说无人不知无人不晓。我母亲懂事时，堂岛家已经获得了商业上的成功。母亲的哥哥名叫堂岛芳治，后来继承堂岛商店。半泽先生，这个人正是你所关心的预谋性破产的罪魁祸首。"

虽说是火药味很浓的一句话，但经由友之那种略带幽默感的大阪腔的加工，听起来倒不那么沉重。但，这些家族往事并没有停留在过去，而是以某种形式牵连了现在。

"原本那个叫堂岛富雄的人就反对母亲和我父亲在一起。因而，他对父亲没什么深厚的感情。另一方面，我父亲因为放弃了热爱的表演事业，也对富雄没什么好印象。然而母亲却是富雄最疼爱的女儿。母亲知道父亲与富雄之间的矛盾，却还是低头恳求富雄出借七千万日元的巨款。那时的堂岛商店已不复往日辉煌，日子过得也很艰难。借给父亲公司的七千万，对堂岛商店而言，是为重整旗鼓储存的重要资金。为了拯救仙波工艺社，堂岛商店相当于放弃了东山再起的机会。"

在这个瞬间，两家的利益交缠在了一起。

"我接下来要说的是重点。这件事在意想不到的地方，给另一个人的人生造成了巨大影响。那个人就是我母亲的哥哥——堂岛芳治。"

友之说到这里时，有人小声嘀咕了一句："有因必有果啊。"

"当时堂岛芳治为了成为画家，从东京艺术大学毕业后远赴巴黎进修。但富雄却以家业难以支持为由，切断了他的经济来源。芳治唯有哭哭啼啼地返回日本。他在巴黎待了将近十年，听母亲说，去法国前，年轻的舅父还是个性情温柔、待人大方的良好青年。然而从巴黎回来后，他却性情大变。不得不放弃画家之路的舅父，将造成这一结果的我父母视作仇敌。我记得有一次，舅父不知因为什么事来到我家，具体原因不清楚，但应该跟钱有关。最初大家还心平气和地聊天，没过多久，舅父却声嘶力竭地质问起我父母来，咆哮着要他们立刻归还七千万日元。或许他是想把外债收回，用这些钱重返巴黎吧。芳治的态度给我父母造成了不小的压力。堂岛富雄借出的钱虽然使仙波工艺社摆脱了危机，但其现状仍不能掉以轻心。母亲一直想与舅父重修旧好，但要做到这一点就必须还钱。当时的仙波工艺社并没有还钱的余力。公司业绩重回正轨是在五年后，当时竞争对手新美术工艺社因散漫经营破产，原先的编辑重返仙波工艺社。那时，因为无法归还欠下的债务，父母的内心备受煎熬。母亲常说，芳治之所以变成那样，都是自己和父亲的错。然而直到最后，破裂的手足亲情也没有得到修复。"

友之的眼神飘向了远方。

"我上大学时，外祖父富雄因病去世，芳治继承了家业。但想想也知道，对梦想成为画家的芳治来说，堂岛商店的经营环境实在过于严苛。与此同时，芳治还沉浸在难以消解的挫败感中，他对画坛恋恋不舍，认为如果不是发生了这样的事，自己总有一天会被巴黎的画坛认可。在富雄的葬礼上，舅父当着所有亲戚的面对父母和我说：'你们没有资格来这里，还是说，你们是来还钱的？'这简直是奇耻大辱。此前，从父母那儿听说了事情经过，我还一直对芳治抱有深厚的歉疚之意。但在那时，我却清醒了。这个男人根本不值得同情。他自己在巴黎游手好闲了十年，有什么资格对母亲说三道四？更何况，那是母亲借来救命的钱。"

也许是想起了当年的事，友之的眼中浮现出怒意。

"自那之后，本就经营困难的堂岛商店每况愈下，芳治也经受了公司经营之苦。同一时期我从大学毕业，在东京的大型出版社实习了三年，而后进了自家的仙波工艺社。那时，仙波工艺社业绩增长顺利，回到了过去最好的状态。老头子因为身体不好，就把年纪尚轻的我推上社长之位，自己退居会长。现在距离他去世刚好过去了十年。他去世前，把自己辛苦学来的经营知识毫无保留地传授给我。父亲去世后不久，一直与我们断绝来往的堂岛芳治突然通过母亲提出一个请求，要我买下他公司的办公大楼，就是现在，我们所处的这栋建筑。"

中西的膝盖上摊着笔记本。听到这里时，本在奋笔疾书的他停下来了，饶有兴致地打量了一番社长办公室。

"那时，刚好是仙波工艺社效益最好的时候。员工也增加了不少，从前的办公楼确实显得拥挤。虽然卖家是芳治让我觉得不舒服，但这也算是想瞌睡就有人送枕头。于是，我卖掉了当时在天满的办公大楼，又从银行贷款，买下了堂岛商店的办公大楼。那感觉真是不错。后来我才知道，当时的堂岛商店非常缺钱。银行并未如愿借出资金，为金钱所苦的芳治只好忍痛割爱，哭求到我们面前。"

友之的唇边浮现出并不像被憎恶扭曲过的笑意。"芳治如果不是走投无路，应该会找其他买家。"

友之与芳治，仙波家与堂岛家——骨肉血亲的相互怨恨，即使隔了一代人，也依旧没有停止。友之的叙述还在继续。

"把办公楼卖给我们之后，堂岛商店搬到了松屋町附近的大楼。站在芳治的立场，可能是想转变思路重新出发。但天不遂人愿，堂岛商店的业绩依旧一天不如一天。接着，他又通过母亲向我借钱。那是五年前的事。"

友之的话讲述正逐渐靠近预谋性破产的核心。

"他巧妙地利用了母亲对堂岛家的愧疚之心，这多么像舅父卑劣的作风。直到现在，一想起这事，我还恨得牙痒痒。当然，最开始我想一口回绝，我为什么必须把钱借给那种人呢？这种心情，你们能理解吧。然而——"

友之"啪"地打了一下自己的大腿。

"母亲却求我一定把钱借给他。母亲一直在意危急时刻堂岛商店借给仙波工艺社的七千万日元。她认为只要借钱给芳治，与堂岛家的债务就能两清，就能心无挂碍地去那个世界对父亲说'债都还清了'。母亲的苦苦哀求让我无法狠下心来拒绝。不管怎么说，如果没有那七千万，就没有现在的仙波工艺社。所以，我改变了主意，把舅父讨要的三亿日元借给了他。或许几十年前的那七千万更值钱吧，不过，我们也没在意这些细节。这笔钱名义上是出借，但我从没指望对方归还。结果跟我猜测的一样，芳治一个铜板都没还就把公司折腾破产了。两年后，芳治也死了。他没有儿女，只有一个妻子。我曾无意间听说，舅父以妻子的名义留下了一栋大楼，往后就算自己有什么三长两短，妻子也能靠房租生活，这是不擅经营的舅父做的最有远见的事。芳治认为自己总有一天会东山再起，所以从没欠客户一分钱，他亏欠的，到头来只有合作的三家银行和我们。就这样，我把三亿日元的坏账背上身，替父母还清了那笔数额巨大的外债。我母亲是去年六月去世的，算一算，也快过去一年了。现在，她或许已经向父亲说了债务还清的事，在那个世界和芳治重归于好了吧。至于，芳治是不是有预谋地让公司破产，我实在不清楚。即使是预谋性破产，这也是因果报应。故事里既没有输家，也没有赢家。怎么样？半泽先生，这就是我们家和堂岛家的全部纠葛，你满意了吗？"

这个漫长的故事一结束，办公室立刻被密不透风的沉默笼罩。

"那之后，您见过堂岛先生的夫人吗？"

"没有。"友之摇了摇头，"事实上，芳治的葬礼我也没去。我觉得他死有余辜。"

"堂岛先生留下的大楼在哪儿，您知道吗？"

"在西长堀。听说，破产后，舅父舅母的房产被没收，他们就搬到了那里。因为一直跟他们没来往，我也不清楚舅母还在不在那儿。"

"能告诉我地址吗？"半泽说。

中西铺开从公文包里拿出的大阪市西区地图，友之用手指在地图上比画，终于指出一处地点。从大阪西支行到那里，有十多分钟的车程。

"我记得，好像叫'堂岛之丘'。"

"难道是那栋一楼带画廊的公寓？"中西说道。

"你知道？"半泽问。

"我还在营业课时，那家画廊的老板经常来支行。我帮他递过一次资料。画廊的名字好像是光泉堂。"

"如果舅母还住在那里，应该能靠房租生活得轻松自在。"友

64

之说道，"听律师说，无论公司境况多么糟糕，芳治也从没碰过妻子名下的大厦。就算是那种人，对自己的老婆也算有良心。事实上，舅母从未出任堂岛商店的董事抑或担保人。所以，债权者也无法动她一根汗毛。"

"原来如此。"半泽微微点头，又向友之问道，"您刚刚说的话，方便我向融资部汇报吗？"

"我是无所谓。这种事，我也不想一遍又一遍地重复。说一次被人记录下来，我也能省不少工夫。"

"非常感谢。"

半泽道谢后和中西返回支行。他将事情的来龙去脉写成报告，迅速提交给了融资部。

如此一来，仙波工艺社的融资应该没有问题了吧。

2

"喂喂，半泽课长？我是猪口。"

融资部的电话并没有打给客户经理中西，而是直接打给了半泽。

这是半泽将仙波友之的陈述写成报告提交后的第二天。

"我们融资部内部讨论了一下，认为仅凭这些，无法断定仙波工艺社没有参与预谋性破产。"

"为什么？"半泽的声音有点僵硬。

"因为，这只是仙波社长的一面之词吧。"“猪八戒”说道，"重要的是堂岛商店那边怎么说，这一点还不清楚呀。单凭这份报告，还不能证明仙波工艺社是清白的。"

"报告上也写了，堂岛商店已经破产，堂岛社长也在三年前去世，无法获取对方的证词。这些情况，我在报告上写得一清二楚。"

"也就是说，事实的真相还没弄清楚嘛。"

"我认为仙波社长的话值得信任。"

"即使你这么说也没办法，这是部长的意见。"猪口答道。

"北原部长吗？"

融资部部长北原，是以审核严格著称的保守派银行职员。

"堂岛商店的破产曾让梅田支行背上巨额不良债权，这是不争的事实。不管仙波工艺社怎么想，借出的三亿日元，确实很可能成为预谋性破产后堂岛家的资金源。这可不是一句不知道就能撇清干系的。至少可以认为仙波工艺社事实上参与其中，这就是部长的看法。"

"仙波工艺社可是受害方。虽说是亲戚，可他们两家一直没有来往。之所以借钱，也是因为过去的恩怨。"

"话虽如此，他们也是血浓于水的亲人，不能用常理揣度。"猪口冷淡地答道。

"那，你说该怎么办？"

如此一来，真是无路可走了。

"预谋性破产的事属于灰色地带，因为这件事，我们已经损失了十五亿日元。"猪口自顾自地说了下去，"另一方面，仙波工艺社从去年开始一直亏损。如果破产，迄今为止的那些无担保融资将转化成三亿日元的不良债权。作为授信管理部门，我们认为不能让出自同一家族的企业再给银行增添坏账。这件事，也存在被金融厅指摘的风险。作为授信管理部门，我们最想避免的就是这种情况。你应该也明白吧，半泽课长。我们有必须遵守的底线。"

猪口的理由并不能归结为狭隘的个人见解，它也反映了银行不为人知的内情。

"但是如果因此驳回申请,仙波工艺社也会陷入困境。我和北原谈过了,需要附加一些条件——如果有担保,这份申请就能通过。"

但这个条件,却很难满足。

"要是有担保,我早就添加上去了。"半泽为难地说,"我们也做过资产筛查,仙波工艺社并没有可以用作担保的资产。这个条件,不能再通融通融吗?对仙波工艺社而言,这笔资金是必不可少的。"

"这不是我们能左右的问题,也要考虑到金融厅。"

金融厅时常打着维护日本金融系统的旗号对银行的融资案件吹毛求疵。

"这我明白,但仙波工艺社得不到融资就会破产,那样也没关系吗?"

"这和融资部无关吧。"猪口说出的话令人火冒三丈,"我们的工作只是授信判断,半泽课长。判断能借还是不能借,是融资部的责任。说句不好听的,融资对象的死活不关融资部的事。说到底,那都是客户自己的问题。"

这冷漠无情的工作态度!

"你的意思是,就算仙波工艺社的员工被迫去睡大马路,也跟你没关系?"

半泽怒气冲冲的语气让南田忍不住回头,本以为能够通过的申请居然卡在意想不到的环节,南田一定也倍感意外。

"我可没这么说。总之,想通过融资申请的话,担保是必要条件。希望你理解。请好好处理。"

猪口单方面挂断了电话。

"身为融资课长，你的态度很有问题。"听到猪口提出的要求后，浅野把责任推到了半泽身上，"就因为你对形势判断不清，仙波社长才做了错误的选择。对连续赤字的公司，融资部能这么容易松口吗？"

"就算再怎么忌惮金融厅，融资部提出的条件也过于苛刻了。仙波工艺社还没糟糕到那种程度。您能和北原部长交涉一下吗？支行长。"

"我不想去。"浅野干脆地拒绝了，"原本我就不看好这份申请。比起你的说明，我认为融资部的看法更有道理。"

"但是这样下去，仙波工艺社会破产的。"

"那也没办法，这是融资部的判断啊。如果真变成那样，那也是融资部的责任，与我们无关。"

"这不是责任的问题，支行长。我们不能让仙波工艺社的员工流落街头啊。"

"那你就帮他们找到担保嘛。"浅野直截了当地说，"如此一来，什么问题都解决了。"

"但是，担保——"

"不是有并购提案吗？"浅野似乎早就在等待说出这句话的机会，"因为你误以为连续赤字的公司在无担保的情况下也能获得融资，才导致了现在的局面。所有的一切，都是因为你把现状描述得过于乐观。你现在赶紧去仙波工艺社，就说融资有困难，劝他们接受并购。如果对方同意并购，这次的融资，我会负责和总行交涉。"

东京中央银行奉行的是现场主义①。

身为一线员工之首的支行长拥有极强的话语权。如果支行长愿意说一句"请务必给予资金支援"，也未必不能改变融资部的想法，但浅野似乎完全没有这个打算。

仙波工艺社被本应维护客户利益的支行长抛弃，被工作态度冷淡的融资部抛弃。

公司的融资申请，夹在双方逃避责任的处理方式中，被无情玩弄。

"请让我考虑一下。"半泽说道。

"这还用考虑吗？"浅野顶了回去，"仙波工艺社只有一条路可走。连小学生都能看出来，这么简单的道理，你怎么就不明白呢？赶快去见仙波社长，向他说明情况，如此一来，他应该会改变想法。"

浅野像驱赶苍蝇一般挥了挥手，表明谈话到此为止。

友之、小春、枝岛三人聚集在社长办公室。

"都到这个节骨眼了，居然要担保？"听完融资部的要求后，

---

① 即一切从现场出发的原则：针对现场的实际情况，采取切实的对策解决。

友之抱住脑袋，绝望地说道，"我们公司没什么可用来担保的，半泽先生。这是不是意味着，融资没有希望了？"

"我想了很久，现在放弃为时过早。这件事还有讨论的余地。"

"话虽如此……"

"前几天，听您说堂岛商店的事时，您说过，堂岛先生妻子名下的大厦没有被债权者回收，完好无损地保留了下来，对吧？"

友之抬起头，终于察觉到半泽想说什么。

"但是，我们和堂岛家……"

"我完全理解你们两家的关系。请看看这个。我根据您提供的线索找到了堂岛政子女士名下的大楼，并拿到了房地产登记簿副本。"

友之和小春、枝岛三人围了过来，盯着中西拿出的副本。房地产登记簿是记录房产概要、所有者、担保状况等内容的政府文件。

"这栋出租公寓确实为堂岛政子一人所有。产权清晰，目前也没有作为担保物抵押出去。房产价值大概不低于十亿日元。如果用它做担保，这次的融资就能顺利获批。"

"这我明白。但我之前也说过，我们家和堂岛家早就没来往了。"

友之无论如何也不同意。

"那样的话，就先由我们出面，跟堂岛政子女士接触一下，探探口风怎么样？"半泽提议道，"虽然不知道结果如何。我们接触过后，如果感觉有可能，再往前推进。您认为呢？"

友之抱着胳膊，露出为难的表情。

"怎么样？我觉得可行。"小春说道，"半泽先生他们一定能很好地说服对方。如果还是不行，就再想别的办法。"

"社长，我也拜托您。您就让半泽先生试一试吧。"枝岛也哀求道。

　　"唉，真拿你们没办法。"下定决心的友之抬起头，"这事本该由我亲自出面，但就像我先前说的那样，我有不便出面的原因。不好意思，这事就拜托你了。"

　　友之将双手放在大腿上，向半泽鞠了一躬。

3

　　此处靠近土佐稻荷神社，环境十分清幽。

　　"是那栋大楼。"

　　手握方向盘的中西放慢车速，用一只手指了指风挡玻璃后的大厦，把车停在附近的马路边上。

　　"果然是这栋楼，我去过那家画廊。"

　　中西指着一楼的画廊，"光泉堂"的招牌挂在门外，从门口可以看到室内墙壁上挂着的风景画。

　　大楼是一栋精巧的砖瓦建筑，总共十层。二楼以上似乎是出租公寓。大楼左侧面向马路的位置有一扇玻璃门，门上安装了电话对讲机。玻璃门后还有一扇内门，没有钥匙无法进入。透过内门能看到入口大厅和电梯。邮箱也许放置在装有安保系统的楼内，从楼外看不到。

"这样的话，就不知道房间号了。"中西说完陷入了沉思。

"能问问光泉堂的社长吗？"半泽说道。

"我试试吧，不知道对方还记不记得我。"

他们再次走出大厦，推开画廊的大门。

半泽把名片递给画廊的女性店员，不一会儿，出来一个矮胖男人。

他似乎认出了和半泽站在一起的中西，说道："啊，是你啊。我还纳闷最近怎么没看见你，原来改跑外勤了啊。"

"好久不见，我现在在融资课工作。"

光泉堂社长冈村光夫接过中西递来的名片，用不太关心的口吻附和道："哦，是吗。"接着，他认真地问："你今天来这里，有什么事吗？"

"我们想向您打听一下这栋大厦的主人。"半泽开门见山地说道。

"主人？你是说堂岛太太？"

冈村认识堂岛太太。

"您认识她吗？"

"那可太熟了，我们是茶友啊。你们找她什么事？"

"她住在这儿吗？"半泽问道。

"算是吧。"冈村回答，脸上露出因不清楚对方来意，不知道该不该继续说下去的表情。

"实际上，堂岛太太亲戚的公司是敝行的客户。有些事想找她商量一下。"

"不会给堂岛太太添麻烦吧。"冈村追问道。

"当然不会。"半泽说,"我们只是想征求堂岛太太的意见。"

"是吗?那我就问问那个叫堂岛的老太太,稍等。"

冈村拿出手机,当场拨通电话。

"你好,那个,现在东京中央银行的融资课长在我店里,好像有事要问堂岛太太您。怎么样?可以见面吗?什么?啊,是吗,请等一下。"

冈村用手捂住手机,转头对半泽说:

"她说跟你们没什么好谈的,怎么办?"

"我们不会占用太多时间。"半泽说道,"能不能见一面呢?"

"他们说不会占用太多时间,问能不能见一面。怎么样?什么?不行吗——她说不行。"冈村说道。

中西一直提心吊胆地看着两人交涉。也许政子听到东京中央银行后,以为是与堂岛商店相关的债务问题,从而心生戒备。

"能把电话借我一下吗?"

半泽从冈村手里接过手机。

"你好,我是东京中央银行大阪西支行的半泽。"半泽自报家门。

"有何贵干啊?东京中央银行。"

电话那端传来沙哑的声音。口吻直爽利落,并不像高雅悠闲的富家太太,反而有种无所顾忌的市井味道。"如果你们想说堂岛商店的事,就请回吧。那与我无关。"

"不,不是堂岛商店,是仙波工艺社的事,能耽误您几分钟吗?"

"仙波工艺社？"电话那端的人沉默了，似乎颇感意外，"仙波工艺社有什么事？"

"可以和您当面谈吗？"

政子思考了片刻。

"也好，不会花太多时间吧？你们几个人？"她问道。

"两个。"

"那就来 1001 室吧，在十层。"

4

两人走下电梯，十层只在正面有一扇大门。看来整个楼层都是政子的居住空间。

摁响门边的电话对讲机后，门口出现了一位满头银发的小个子妇人。她就是堂岛芳治的妻子，堂岛政子。

"请进。"

大堂十分宽敞，正面墙壁上挂着一幅巨型绘画，似乎是米勒的石版画。政子将他们带至客厅。客厅虽然空旷，却并不奢侈华丽，反而有种令人肃然起敬的庄严感。

从半泽的位置，可以看到置物架上摆放着精致的玻璃工艺品和座钟，旁边堆着四五本古典乐乐谱。一旁的椅子上，躺着敞开的小提琴琴盒。

政子端来三杯红茶。她把茶杯放在半泽和中西面前，自己坐在了带扶手的沙发椅上。

"您会拉小提琴吗？"

"以前，我还梦想着成为小提琴家，现在是连想都不敢想了。"

政子大约有六十岁。她再次转过脸与半泽对视，五官周正的脸上长着一对令人印象深刻的眼睛。年轻时的政子，应该是位风姿绰约的美女。

"那么，你们要聊仙波工艺社的什么事？"政子没有丝毫扭捏，直截了当地问道，"那家公司终于要破产了吗？"

半泽忍不住苦笑。沉默时的政子说是深闺贵妇也毫不为过，但只要开口说话，就立刻让人觉得她是一位地道的"大阪大妈"。

"不，还没有破产。"

"是吗？那就好。"政子爽快地答道。

她把面前的红茶连同茶碟一起放在大腿上，端起来喝了一口。

"这件事大概发生在五年前。那时，仙波工艺社曾借给堂岛商店三亿日元，但堂岛商店却分文未还。您知道吗？"

半泽话一出口，政子便皱紧了眉头。

"我刚才不是说过了吗？这些事，与我无关。"

"是的，我完全明白。"半泽继续说道，"但是，现在仙波工艺社急需一笔两亿日元的融资。敝行内部对能否融资存在一些争议，现在的情况是，需要新担保。"

政子一言不发地听着半泽的话。

"所以我们才来找您商量。可以的话，能否请您助仙波工艺社一臂之力？"

"一臂之力？具体指什么？"

"能否将这栋大楼借给仙波工艺社做融资担保？"

政子又沉默着喝了一口膝上的红茶。

"我拒绝。"她的回答干脆利落，"我为什么要给仙波工艺社提供担保呢？"

"您能不能再考虑一下，您现在是仙波工艺社唯一的依靠。"

"那么，友之为什么不亲自来见我？这不奇怪吗？他自己不来，却让银行的人来。"

"是我们恳求友之社长，得到他的许可之后才来见您的。友之社长不想给您添麻烦。"

"也就是说，友之原本已经一口回绝，是你们自作主张来这里的？我就知道。"政子点了点头，一副了然于心的样子，"告诉你们吧。友之不是不想给我添麻烦，是不想和我扯上关系。他和我丈夫之间发生了许多不愉快的事。事到如今，怎么会愿意低头求我？"

政子将友之的心态揣摩得一清二楚。"至于我，也不想理这种事。半泽先生，我丈夫即使在公司破产的时候也从未动过大楼分毫。现在，却要我为了仙波工艺社把它抵押出去，这不合情理。"

"您的心情我完全理解。"半泽并没有轻易放弃，"但是，您能不能再好好考虑一下？"

"不，没什么好考虑的。"政子当场摇头拒绝道，"仙波工艺社是拥有百年历史的老牌出版社，这样的公司居然落魄到必须求我才能借到贷款。换句话说，公司业绩已经差到极点。我不知道他们借钱的目的是什么，但公司肯定是赤字吧。"

或许因为曾是经营者的妻子，政子的直觉相当敏锐。"把房子借给那种公司做担保，只怕是有去无回。你想夺走我这个老太婆的家吗？半泽先生。"

"您无论如何都不考虑吗？"

"不考虑，不考虑。"政子说道，"你回去转告友之，请他靠自己渡过难关。这不是社长的工作吗？"

政子的态度没有丝毫改变。"还有，我也恳请二位不要再来这栋公寓。拜托。"

5

"半泽课长，过来一下。浅野支行长找你。"半泽与中西返回支行后，江岛立刻招呼道。

看来浅野自视甚高，连传唤下属这种事也不屑于亲自做。

浅野此时正坐在江岛旁边的工位，满脸不快地朝半泽看去。

"仙波工艺社的事，怎么样了？"半泽一站到浅野面前，尖锐的质问便劈头盖脸地砸来，"担保有了吗？"

"没有。"

"那该怎么办？你打算就这样拖到资金短缺的那天，让他们破产吗？"

"担保的事，能否再给我一点时间？"

"这是时间的问题吗？比起找什么担保，推进 M&A 项目才是上策。你为什么不做？"

"仙波社长没有出售公司的意愿。"半泽干脆地说道,"我认为现在推进 M&A,为时尚早。"

"你怎么还在说这种话?"浅野的语气变得尖锐,看向半泽的目光也变得焦灼不安,"你们完全看不清现状吗?仙波社长难道只顾谁是公司的实际拥有者,不顾员工的死活吗?"

视客户公司员工如草芥的明明是浅野自己,此时,他却满口仁义道德起来。

"你再去找仙波社长谈,劝他考虑并购的事。这是支行长的命令。"

半泽知道,在这里与浅野争执下去,也无法解决问题。

"还有,把大阪营本的伴野君也带去。"浅野补充道,"你靠不住,有伴野君在我才放心。"

半泽陪同这位伴野君再次拜访仙波工艺社,是第二天发生的事。

"又是并购的事?"

看见伴野的脸,友之露出嫌恶的表情。

半泽已在昨天将拜访堂岛政子的经过汇报给了友之。那时友之的反应极其冷淡,只说了句"这也难怪"。他似乎从一开始就没抱期待。

"您别这么说嘛。十分感谢您今天抽空见我。"伴野挤出做作的笑容,殷勤地低头致意,"听说贵公司在融资方面遇到了困难。我想,这或许是重新考虑并购方案的好时机,所以特意来见您。

社长，请您至少允许我向您介绍并购方的公司名称和并购价格。拜托了。"

伴野的语气相当夸张，他把双手放在大腿上，深深地鞠了一躬。

友之神情厌烦，却没有执意拒绝，说道："只是听听这些，应该不要钱吧。"

随后，他招呼身旁的妹妹："小春，你也听听吧。"

两人签完保密协议后，伴野毕恭毕敬地拿出一份文件。

"就是这家公司。"

"杰凯尔吗？"

友之满脸惊讶，一旁的小春则显得更加疑惑。

"为什么杰凯尔会……我们和他们完全是两个不同的行业。"

在小春喃喃自语时，伴野突然出声："不，也不能说完全无关。"

友之的视线突然转向伴野，说道："你是想说，田沼美术馆明年开业的事吗？"

"不愧是社长，美术馆预计明年春天开业。"

原来如此，小春也点了点头。

"田沼社长是世界知名的现代美术收藏家。"伴野继续道，"说他是日本现今最著名的收藏家也毫不为过。尤其是对仁科让作品的收集，更是无人能与之比肩。仁科让的作品也将作为田沼美术馆的镇馆之宝展出。"

"建了一座美术馆不够，还想顺手买下出版美术杂志的出版社，是这个意思吗？"友之的话里透着轻微的厌恶，"有钱真可以为所欲为吗？"

"田沼社长是贵出版社的超级粉丝。他非常愿意资助优秀的杂志，也衷心地希望能为日本美术界贡献一分力量。"

伴野的销售话术似乎并未打动友之与小春。

"不行。"友之终于开口，"既然他是仙波工艺社的粉丝，就应该知道，公司创始人仙波雪村提倡的创业精神是'评论之公正'。如果我们加入某个资本旗下，这条创业精神还能守住吗？比如，到时我们还能直接批评田沼美术馆的展览会吗？或者说，田沼社长有这份胸襟吗？"

"但是，加入杰凯尔旗下，公司经营就能稳定下来。您不想保护自己的员工吗？社长。"

"我当然想，我也知道，融资审核进展不顺利。"友之说道，"但是，员工们也不想在一家评论范围被限制的出版社工作，这并不是真正意义上的保护员工。因为缺钱就把公司卖掉，这种轻率的想法是不对的，伴野先生。"

"如您所言，这并不是一个轻率的决定。"伴野不紧不慢地反驳道，"田沼社长非常有诚意。为了展示这份诚意，他特意要求我告诉您杰凯尔并购贵公司时，预计支付的'品牌费'。"

品牌费，顾名思义就是公司品牌具备的价值。老牌公司的品牌费往往十分可观。社会信誉和知名度越高，相应的附加值也越高。在企业并购中，除了土地、建筑物等不动产之外，公司价值还需根据每年的收益状况来决定，多数情况下还需附加"品牌费"。

"我可以说了吗？"

友之没有搭腔，装腔作势的伴野自顾自地公布了答案："十五亿日元。"

友之倒吸一口凉气,小春也瞪大了双眼。

"除了估算的公司价值之外,杰凯尔还将支付这笔十五亿日元的品牌费。您能好好考虑一下吗?社长。"

中西屏住呼吸,静静地看着友之。

友之与小春几乎持有仙波工艺社全部股份。如果卖掉公司,除了与公司资产、收益性相匹配的金额之外,还将获得十五亿日元的额外收益。并购费用或将高达数十亿日元。

"二位都还年轻,田沼社长说过,如果仙波社长愿意,可以继续出任社长,直到六十五岁法定退休年龄。这一点问题都没有。"

友之缓缓地咽下一口气,内心的"摇摆"反映在侧脸上。

"请您务必仔细考虑,社长。只要您改变心意,我这边随时可以着手推进。等您的好消息。"

伴野深深鞠了一躬,离开了社长办公室。

"十五亿日元吗?真是服了他了。"

友之喃喃自语,叹了口气。他的脸像被纸团猛地砸中一般皱作一团。他抬头看着墙上的哈勒昆。"半泽先生,你怎么看?你也认为我们公司卖掉比较好吗?"

"这是社长和春小姐才有资格决定的事。"半泽说道,"我们会尊重您的决定,尽可能提供帮助。"

"小春,你怎么想?"

"钱谁不想要,我也有一大堆想买的东西。"小春直率地说道,

"但是，如果为钱卖掉公司，我们死了之后，还有什么脸面去见祖先？真到要破产的时候另当别论，但现在，不是还没到那个地步吗？社长，怎么能为了区区十五亿就出卖公司的创业精神呢？"

"成捆的钞票砸在脸上，原来是这种感觉啊。"友之仰头看着墙上的哈勒昆，一字一顿地说道，"但是，多亏了他们，我才看清了自己所处的现状。无论如何，我也不会做出卖灵魂的事。这和保护员工是两码事。"

友之把视线转向半泽，"话说回来，银行应该希望我答应并购吧。半泽先生，你也有身为银行职员的立场。你就对支行长说，我对并购很有兴趣。这样回答不容易生出事端。至于正面回应，能拖一天是一天吧。你得学会变通，否则怎么出人头地啊。"

"我不会撒谎。因为——我就是不知变通的人。"

听到半泽的回答，友之无声地笑了，连肩膀也跟着晃了起来。

"但是，现在我们面对的是一道前所未有的难关，该怎么做才好呢？"

友之陷入了沉思。

"再和堂岛太太接触一次怎么样？"半泽再次提议，"她虽然说了那样的话，但我认为还有希望。如果被人拒绝一次就打退堂鼓，就什么事也做不成了。我认为接下来才是胜负的关键。"

"半泽先生说得对。"小春说道，"社长，再见一次怎么样？让我也一起去吧。"

"不，我亲自去。"友之思考片刻后，紧紧盯住虚空中的某一点，"原本我就不指望那个顽固的老太太会轻易出借自己的房产，但是现在，我们别无选择。半泽先生，你会帮我吧。”

　　“当然。但是正面出击恐怕没用，只会被扫地出门。”

　　“她说过不许我们再上门对吧。该怎么办呢？”

　　正当友之苦思冥想之时，半泽说道：“我有一个想法。”

6

"从现状来看，仙波工艺社应该会积极考虑并购提案。融资申请无法通过，担保也无从找起，他们别无选择。断其粮草这一招就快奏效了。"

哈勒昆正俯视着露出淡淡笑容的和泉。虽然同样是哈勒昆，这里的《哈勒昆》却是仁科让绘制的油画，价值连城。与仙波友之办公室墙上的石版画不可同日而语。

这里是杰凯尔的社长办公室。

和泉和伴野对面坐着快快不乐的田沼。他坐在带扶手的沙发椅上，跷起的二郎腿神经质地抖动着。

"但是，他们不是还没同意吗？嫌十五亿日元太少？"

"哪里哪里，没这回事。"伴野连连摇头，"我说出金额的那一刻，仙波社长明显动摇了。他们应该是需要钱的，只是——"伴野欲言又止，小心翼翼地斟酌着措辞，"仙波工艺社有一条叫'评论之公正'的经营理念，他们好像在意这一点。"

"什么意思？在我这里就无法公正地评论吗？简直是无稽之谈。"田沼咆哮道。

"当然当然。"和泉连忙附和，"下次我们一定告知对方，田沼社长宽广的胸襟足以保证杂志的言论自由。消除这条顾虑之后，仙波社长应该会做出明智的选择，毕竟识时务者为俊杰。"

"那你们赶紧去告诉他，我等你们的好消息。"

"遵命。话说回来，今天我们还带来了一份清单，罗列了社长可能会感兴趣的公司。"

和泉说完后，伴野将一份新资料推到田沼面前。由此，话题由仙波工艺社转变成今后的大型 M&A 战略。

杰凯尔正逐渐进入平缓发展的阶段。

公司曾经依靠短期内的迅猛发展成功上市，田沼也被吹捧为明星企业家。媒体纷纷议论，说死气沉沉的日本经济终于迎来了久违的梦幻企业。然而杰凯尔的业绩，却在此时到达了极限。

另一方面，股东们希望看到的永远是逐年增长的业绩。

"杰凯尔，急刹车""发展战略出现阴影""商业神话，开始终结"——只要公司的发展稍有停滞，这些标题就会从四面八方冒出来。外界对杰凯尔的过度关注，无时无刻不在刺激田沼敏感的神经。

因此，除了趋近饱和的主营业务——虚拟购物商城之外，田沼为获取新的收益来源，采取了一项措施。

那便是企业并购战略。

并购心仪的公司，注入资本和技术，在短期内将其培养成新的收益来源，田沼计划通过这样的操作，将杰凯尔打造成业绩持续增长的高收益企业集团。

另外，这个战略与东京中央银行五木行长提出的 M&A 经营方针不谋而合。现在，如何帮助杰凯尔推进企业并购战略，已成为负责杰凯尔业务的大阪营本最大的课题。

"总共是五十家公司。接下来，请允许伴野为您介绍每一家公司的并购优势。"

田沼没有吭声。

不知道是感兴趣还是不感兴趣，田沼完全没碰那堆资料，他抱着胳膊，闭着眼睛，一言不发。社长办公室安静得可怕，伴野的讲解声逐渐被厚实的绒毛地毯吸入其中。

听着伴野的讲解，和泉的脑中冒出一个疑问：

清单上罗列的公司，每一家都极具吸引力、充满发展潜力，但田沼对此毫不关心，有一搭没一搭地听着。

另一方面，他对并购仙波工艺社却异常执着。

这是为什么？

难道田沼的兴趣已经从商业转移到艺术领域了吗？

和泉完全不明白，这位名叫田沼时矢的经营者究竟在想什么。

不——和泉暗中纠正了自己的想法。不是不明白，而是压根儿不想明白。对这个难以取悦的男人，和泉唯一的期待，就是从他口中听到"好，今后的顾问业务就交给你们了"。

但为了听到这句话，他得弯多少次腰，赔多少个笑脸，说多少句违心话呢？光是想想，就让人头疼。

7

五月下旬的熏风将绿得发亮的灌木丛吹得沙沙作响。樱花季时，作为大阪市内屈指可数的赏樱名所，土佐稻荷神社通常是热闹非凡的，但此时，这里却是一片樱花刚刚落尽、嫩叶探出枝头的景象。

早晨六点半，空旷的神社内还残留着夜晚微凉的气息。几个身穿工作服的人正在捡拾垃圾。他们都是稻荷神社的氏子。氏子们每周举行三次活动。活动内容十分丰富，包括清扫宽阔的神社、打理神社内的绿植。有的时候，他们甚至会为附近的流浪汉烹制食物。

此时的神社内，一个提着巨型垃圾袋的男人走过。那人正是半泽直树。他戴着手套，用垃圾钳捡起目之所及的所有烟蒂等垃圾，一个不剩地扔进垃圾袋。

跟在他身后的是中西。中西身着运动衫，将棉布手巾缠在头顶。在他附近，身穿工作服、手拿竹扫帚的仙波友之，正勤勤恳恳地清扫着神社地面。

今天，允许他们临时加入氏子活动的，是在东京中央神社祭典中担任核心职务的本居竹清。他也是立卖堀制铁的社长。

据竹清所说，分散在神社内忙于清扫的氏子，总共有二十余人。他们多数是居住在附近的老人。这个活动的性质比起宗教活动，更接近于社区活动。本居竹清也担任土佐稻荷神社的氏子代表，是当地颇有声望的富豪。

"辛苦了。"

身后传来打招呼的声音，一辆两轮推车逐渐靠近。注意到拉车的人是竹清后，中西慌忙跑上前，说道："请让我来拉吧。"

"不用在意，这本来就是我的工作。"

"不，哪能这么说呢。"

一番推让之后，从竹清手中接过推车的中西拉着推车消失在通往神社深处的小径。

竹清一屁股坐在附近的木质长椅上，从挂在腰间的布袋中拿出瓶装矿泉水，润了润喉咙。他的脖子上搭着棉布手巾，身上是穿旧了的工作服，脚上踩着竹皮草履。这身打扮极其自然，叫人完全看不出他是上市公司的会长。依照竹清的地位与财力，他大可以每日出入高级高尔夫球场，纵情玩乐。但他没有这么做，而是愿意以这种方式亲近当地居民，所以才能赢得如此高的声望。

"喂，老太婆，差不多该回去了吧。"

竹清话音刚落，一个蹲在附近花坛的女人直起身子，擦了擦额头的汗珠。她穿着劳动用的裙裤，戴着麦秆编成的草帽。沾满泥土的手套紧紧握着一把方头小铁铲。

　　"真是的，我可不想被你叫老太婆。你自己不也一把年纪了吗？"

　　嘴里说着不饶人的话，堂岛政子一边舒展着疼痛的腰部肌肉一边走了过来。她"哎呀哎呀"地呻吟了几声，慢慢在竹清身旁坐下。一晃眼，她看见了半泽，随口说道："啊，今天天气真好。"

　　"前几天打搅您了。"半泽欠了欠身。

　　"你也是个难缠的人呢。"政子说完，将视线牢牢锁定在了半泽身后的仙波友之身上。

　　不知她从什么时候起注意到了友之的存在。

　　"请用。"

　　半泽从帆布包中取出瓶装矿泉水递给政子。政子接过后，向坐在稍远处的友之搭话："好久不见，友之。"

　　友之表情僵硬地盯着政子，回道："好久不见。"

　　"你们认识？"竹清问。

　　"我们是亲戚。"政子回答，"他是我过世丈夫的外甥。"

　　"那半泽先生是有意把他带来的吧？"

　　"这几年发生了好多事。丈夫虽然去世了三年，日子还是要照旧过。外甥像今天这样难得地过来看我，某种意义上，也是堂岛曾经活在世上的证明。"

　　最后一句话，是说给友之听的。

　　半泽突然眯起双眼，他意识到这句话暗含的情感，与前几天拜访政子时感受到的有些许不同。

"是啊。"友之一边叹气一边说道，"我今天来这里，是因为有个不情之请，还望您见谅。"

政子一动不动地盯着低头鞠躬的友之。

"我们干吗在这种地方说话。好不容易来一趟，给我家那位上炷香吧。"

政子说着站起身，邀请友之前往自己家。

第三章 艺术家的生平与遗留之谜

1

"我知道，你一直怨恨堂岛。但是，堂岛也一直很想把钱还给你。"

半泽此时坐在堂岛政子家的会客厅，这里与前几日拜访时别无二致。堂岛芳治虽然在败光堂岛家的产业后撒手人寰，政子却没有步丈夫的后尘，而是独自过着安详的晚年生活。

友之或许认为置办这栋大楼是堂岛芳治的决定，但半泽却觉得，这可能得益于政子的聪明才智。

"但堂岛实在不擅经营，到头来还是给你添了麻烦，直到临死前，他都在后悔。"

谈起堂岛芳治，政子的语气变得沉痛起来。

"后悔？舅父吗？"友之难以置信地摇了摇头，"我不信。"

"是真的。"政子说道，"你也许从你母亲那里听过堂岛的许多事。但他是这个世上最容易被人误解的人。他的确对被迫从巴黎返回日本心存怨恨，但那是很久以前的事了。在那之后，堂岛改变了许多。"

"改变吗？"友之不由得嘟囔道。

"当时，两家复杂的境况纠缠在一起，催生了各种各样的误会。这也是无可奈何的。如今旧事重提也无法挽回什么，但这或许是一种缘分。不管你想象中的堂岛芳治究竟是个怎样的人，且让我代替亡夫说两句吧。"

友之一言不发地点了点头。

政子讲述的，是纠缠在堂岛家与仙波家之间的另一个故事。

"最初的误会起源于我的公公，也就是堂岛富雄命令芳治从巴黎返回日本之时。那时，富雄对芳治说，家里经济出现问题，无法再资助芳治学业。此后，知道实情的芳治以为是仙波家的原因导致自己不得不放弃画家之路，从而迁怒于你们，这也是情有可原的。但是，这其实只是富雄为了让芳治回国编造的借口。"

"借口？"友之反问。

他也以为芳治之所以被家里切断资金来源，是因为堂岛家对仙波家的支援。

"当时的堂岛商店确实业绩不振，但资助芳治留学还是绰绰有余的。真正的原因不是这个。实际上，堂岛富雄是个颇具绘画鉴赏能力的人，也是位收集了众多美术工艺品的收藏爱好家。他慧眼如炬，坊间甚至传说，他曾一眼看穿银座著名画廊里展出的赝品。富雄看到在巴黎学习近十年的芳治画出的画，马上觉察出他才华的极限。芳治是成不了才的，这样下去对他也不好，不如随便找个理由切断资金来源早日打发他回国。这才是事情的真相。但富雄却不能对芳治说出真正的理由，如果对坚信自己才华的芳治说'你压根儿没有当画家的天赋'，只会招致父子间的冲突。但随着时间的流逝，芳治好像自然而然察觉到了父亲的想法。毕竟，告诉我这些的不是别人，就是芳治自己。"

"那是什么时候的事？"友之半信半疑地问道。

"应该是芳治从巴黎返回日本十几年后，你上大学的时候。那时，堂岛的父亲富雄早已不在人世。刚才那些话，或许是芳治从当时还健在的母亲口中听来的。当时，芳治清楚地对我说：'父亲嫌弃我没有才华，才把我弄回日本。'他说这话时应该喝了不少酒，那副心有不甘的样子，光是看着都让人心疼。"

政子露出落寞的笑容。

"富雄去世，芳治出任堂岛商店的社长，是那之前的事。芳治上任后的第一件事，就是把富雄收藏的画一幅不剩地卖掉。或许因为他对成为画家还有执念吧。我曾劝他，不用着急卖掉，留着慢慢处理不好吗？他却说不想看到自己身边出现任何一幅画。就这样，他毫不留恋地卖掉了所有画。然而又过了几年，促使芳治改变的契机到来了。就是，那幅哈勒昆的画。"

政子说完，目不转睛地盯着一张相框中的照片。

她站起身，把相框从置物架上取下，立在茶几上。

"啊！"中西小声地发出惊叹。

"这幅画——"

印在照片上的画，正是那幅挂在仙波友之办公室墙上的《哈勒昆》。

但照片上的人却不是仙波友之，而是堂岛芳治。芳治当时大约六十岁。照片中，政子坐在带扶手的沙发椅上，他站在政子身后。这张陈旧的照片已开始褪色。

"这幅画，不是友之社长买的吗？"半泽问道。

对半泽的话感到震惊的却是政子。

"你还留着那幅石版画吗？"

"嗯，算是吧。"友之的表情有些不自然，"买下办公楼时，舅父把画留了下来，说不需要了。每当我看见那幅画，就觉得它在嘲笑我。但我想这样也挺好的，就一直挂着了。"

友之的说法将政子逗得放声大笑。

"我得谢谢你，友之。芳治一定也很欣慰。"

"不说这个了，为什么那幅《哈勒昆》是转变的契机？"

在友之的催促下，政子重新开始了讲述。

"芳治成为堂岛商店社长时，有位熟人曾拜托他照顾刚从美术大学毕业的儿子。那孩子从东京艺术大学毕业后想去巴黎进修，但家里拿不出留学资金，只好靠自己工作赚学费。房地产这一行，广告单设计的优劣程度将直接影响客户的第一印象。建造新的房产项目也需要设计师的意见。我丈夫觉得正合心意，便成立了设计室，雇用了那位美大毕业生两年。在那之后，立志成为画家的毕业生存够了在巴黎短期生活的钱，便远渡重洋去学习绘画。但芳治并不看好他，还劝他早日放弃。又过了几年，芳治却在偶然的机会下邂逅了那人的画。那是在梅田百货商场内的一家画廊。在出口处最显眼的地方，挂着那幅画。那位美大毕业生似乎已成为极受欢迎的画家。若是从前，芳治应该早就注意到了，但他那时的状态，与其说是对绘画毫不关心，不如说是在逃避绘画。所以，他对那位美大毕业生的成功一无所知。那时，在购物的间隙随意走入店内参观的芳治突然停下脚步，直勾勾地盯着那幅画。他站在原地一动不动。不，用无法动弹描述或许更加准确。我想他一定深受打击。他那时的表情，我至今也忘不掉。他笔直地站着，眉头紧锁，神情恍惚，死死地盯住那幅画。过了半晌，终于对我说：'父亲是对的，我没有这般耀眼的才华。'"

政子继续道："那幅画，画的是哈勒昆与皮埃罗。画框下方贴有姓名牌。我定睛一看，惊讶地发现上面写着一个再熟悉不过的名字——仁科让。画上标着骇人的高价。仁科让作为现代美术界的新手崭露头角。他的作品已成为全世界收藏家垂涎的目标。怎么说呢，才华真是个残酷的东西。我丈夫努力几十年都无法取得的成就，仁科却在一夕之间获得。丈夫或许很想得到那幅画，但当时的堂岛商店已不具备购买它的能力。他只好退而求其次，买下那幅《哈勒昆》的石版画，挂在社长办公室。那画对堂岛而言，是青春的墓碑。"

友之盯着政子，甚至忘记了眨眼。

才华横溢之人才能留下，平庸之辈唯有被淘汰。这是一条无论倾注多少热情都无法跨越的鸿沟。当这种差异赤裸裸地摆在堂岛面前，他所承受的打击有多么沉重？这一点，恐怕任何人都无法想象。

"也就是说，仁科让曾在那栋办公楼工作？"

仁科让曾在仙波工艺社的办公楼工作过，这件事半泽从未听说，中西也瞪圆了双眼。

"稍等一下。"

政子站起身，返回时抱来一本陈旧的相册。她翻开其中一页，上面贴着一张芳治拍摄的员工集体照，政子说五十多名员工之所以身着浴衣，是因为这是去南纪团建时拍摄的纪念照。

"看，这就是年轻时的仁科让。"

照片中的仁科二十出头，还是个未经世事的青涩男孩。

"仁科让是位神秘的画家。"友之说道，"因为人们对他的私生活知之甚少，尤其是从美术大学毕业后到在巴黎出道前的事。他本人对此也三缄其口。这可是十分珍贵的照片。"

友之又问政子："我可以拜祭一下舅父吗？"

他跪在隔壁房间那座小小的佛坛前，双手合十，悼念了许久。

2

"我们回到正题吧。你今天来，是想说担保的事吧。"待友之从神坛前返回，政子率先开口，"前几天我也和半泽先生聊过。老实说，我实在提不起兴趣。你们公司现在究竟是什么情况？"

接下来要聊的才是正题，这种直截了当的提问方式很符合政子的行事风格。

"我准备了近三年的财务数据表，如果可以的话——"半泽说道。

获得友之的许可后，半泽将资料递给政子。本以为她会说"这种东西看也看不懂"，没想到她翻看财务表格的动作相当娴熟，审视数据的表情也极其认真。

过了好一会儿，将所有资料通读完一遍的政子"啪"的一声将表格扔在茶几上。

"不行。"

她只说了一句话。

"为什么不行？"

出声询问的不是半泽，而是友之。

"思考其中的原因是你该做的事吧，友之。我家芳治固然不擅经营，但你也是公司的第三代经营者了，再这么下去，你的公司迟早要破产。"

"你要我裁撤亏损的编辑部？"

"你不是很清楚吗？"

政子说完将身体往椅背一靠，似乎陷入了某种思考。

"我是清楚，但事情没有那么简单。我们公司每个编辑部都历史悠久，而且承载着社会意义。"友之说道。

"就因为你这么想，公司才没有希望。"政子毫不留情地说道，"承载社会意义的杂志居然会亏损，友之啊，你好好想想。如果一本杂志被社会所需要，那它理应是盈利的。"

友之咬着嘴唇，没有吭声。

"堂岛太太，您的话十分有道理。今后，仙波社长也会根据您的意见调整公司业务。但在此之前我们需要资金，能否请您借出这栋大厦——"

"我拒绝，为业绩如此糟糕的公司做担保，无异于拿钱打水漂。"政子干脆地说道。

一直关注着事情走向的中西失望地垂下肩膀。

友之盯着自己的指尖，一动不动。

原本存有一丝希望的面谈即将以失败告终。

"那样的话，能不能把那三亿日元还我？"友之的声音渗出了怒意，"预谋性破产是不是真的我不知道，但分文未还就等同于诈骗。如果不是母亲求我，我压根儿不会借出这笔钱。你对此不可能一无所知。虽然你说与你无关，但舅母，你和舅父不是夫妻吗？"

气氛变得剑拔弩张起来，政子的脸色却丝毫未变，她依然平静地端坐着。那副临危不惧的模样，真可谓女中豪杰。

"我理解你的心情，友之。"政子镇定地说道，"但你也是经营者，你难道不清楚，对一个没有连带责任的人，你根本没有剥夺她财产的权力。我年轻时学的是音乐，但嫁给芳治和他一起回国后，就听从公公的建议开始学习公司经营。我的经营理念师承于堂岛富雄，我就这样一路见证了堂岛商店的兴衰。老实说，我一点都不看好芳治的经营手腕，他虽然不是坏人，但作为经营者只能排在末流。我了解仙波家和堂岛家的纠葛，但我没有义务为你们收拾残局。这一点，请让我说清楚。"

关系刚刚出现和缓迹象的两个家族即将爆发新的冲突。

再往前跨一步，这个为融资担保进行交涉的现场，就会立刻变成旧事重提的修罗场。

"那你刚才说芳治舅父一直对我心存愧疚，又算什么？"友之悔恨地皱紧眉头说，"告诉我那些事，却连一分钱都不肯借给我。事到如今，真相如何还不是任由你说。"

"听我说，友之。有义务还你钱的不是我，是芳治。"政子用郑重的语气说道，"但芳治死了，他已经没有办法亲手把钱还给你了。"

"谁知道他到底想不想还。"

友之的疑问近似控诉。

"不，他真的想还。临死前，他还对这件事耿耿于怀。这是事实，而且——"

此时，政子的脸上浮现出某种困惑的神情。

"或许在当时，真的有可能还清。"

友之惊讶地看着政子。他停顿了片刻，像是在思考这句话的含义。

"什么意思？"友之问道，"有可能还清，是指当时有足够的钱吗？"

"钱是没有的。"政子这话有些自相矛盾，"但是，芳治似乎想出了某种赚钱的方法。"

"赚钱方法……"

友之完全摸不着头脑。

"那时芳治说必须先通知你，让我跟你联系。我曾经给你打过电话，还记得吗？"

"这么说的话……"友之似乎也想起了什么。

"但你说不想再和堂岛家扯上关系……不过，那也怪不得你。"

"赚钱方法到底是——"半泽问道。

"不知道。"

政子快速地叹出一口气，摇了摇头。

"不知道是什么意思？"友之问道，"那时，你没问舅父吗？"

"我问了。但他知道你不来后发了好大脾气，说你是傻瓜，明明有座宝山堆在眼前却视而不见。到最后，他也没告诉我赚钱方法究竟是什么。他就是这么顽固，你也知道吧。"

"我怎么会知道。"友之小声嘀咕，"什么宝山啊，他是在做白日梦吧。"

"我那时也是这么想的。"

房间里弥漫着某种无法释然的氛围。

政子再度开口：

"那时，芳治的病情恶化得很快，有时的确分不清梦境与现实。或许他又做了什么梦——那时我确实这么想过。但最近，我时常想起那时的事。搞不好芳治真的发现了什么。听我说，友之。我确实不知道芳治的想法，但如果真能赚钱，对你来说不也是好事吗？"

友之盯着政子。

"我的公司正处在生死存亡的紧要关头，哪有工夫去玩不知道是白日梦还是幻觉的寻宝游戏？"

"不是这样的，芳治一定发现了什么。"政子说道。

友之颤抖着吐出一口气。

"多谢招待。"

随后，他阴着脸离开了座位。

政子彻底沉默了，对他的离去无可奈何。中西跟了出去，目送友之离开。

友之承受着巨大的精神压力，他的愤怒是可以理解的。明明是来拜托对方提供担保，却被人用一个荒诞不经的故事打发——即便他这么想也情有可原。但半泽却认为政子的态度完全不像在开玩笑。这位女中豪杰既然这么说，或许堂岛芳治真的发现了什么。

"堂岛太太，您为什么认为所谓的赚钱方法是真的？"半泽重新问道。

此时，房间里只剩半泽与堂岛政子两人。

"我整理遗物时，发现了一封类似书信的东西。"

"信？"

政子站起身，从别的房间抱来一个硬纸箱。然后她取出一份印着广告的报纸。那是大阪市内楼盘的广告，没什么特别之处。

"请看背面。"

半泽依言将报纸翻转过来，发现背面写着三行留言。

"写给友之：给你添麻烦了，对不起。有件事想拜托你。你的公司里或许埋藏着宝藏。想和你面谈。最近，我的病时好时坏……"

信只写了一半。

信是用圆珠笔写的，写信的人或许正躺在床上，笔迹相当凌乱，甚至难以识别。

"因为友之不来，我猜他可能是为了叫他来，才尝试写信。"政子神情忧郁地说道，"芳治原本写得一手好字。写这封信时，身体情况应该相当糟糕。他用颤抖的手竭尽全力地写，结果还是没能写完。我也是最近才在杂志杂志里发现这张折叠的报纸。不过，他们总是这样。"

政子露出自嘲般的笑容，继续道："互相憎恨、误解。明明是稍微聊聊就能解开的误会，却不知道为什么总是错过。半泽先生，对不起。这封信，能交给友之吗？芳治或许也不想把没写完的信交给别人。但有总比没有强，看了这个，友之的想法说不定会改变。"

"明白了。"半泽思考片刻，问道，"关于寻宝，您有什么线索吗？"

"他是在卧床期间想到的。要说线索，只能是当时病房里的杂志杂志或者报纸什么的。"

"那些东西可以交给我吗？我会试着找一找。"半泽请求道。

"你愿意帮忙调查？"

政子颇感意外地看着半泽。

"只要有希望解除仙波工艺社的困境，我什么都会尝试。"

"明白了，那就交给你吧。拜托了。"政子向半泽低头致谢。

"还有，担保的事，真的没有商量的余地吗？"半泽再次询问。

政子缓缓地摇头。

"现在的仙波工艺社没有前途。"政子干脆地说道，"这样下去不行。历史也好，社会意义也好，这些和经营公司完全是两码事。仙波工艺社还有过去的积累，应该不会立刻破产。但是，对于注定要衰败下去的公司，根本没有为它担保续命的必要。这是我的想法。"

或许因为师承堂岛富雄，政子的经营理念相当务实，轻易无法动摇。

"我理解您的想法。"半泽说道，"但反过来说，如果仙波工艺社变成有存续价值的公司，您会考虑吗？"

"你还真会抓人话柄。"政子语带讥讽，"请你转告友之，要想改变公司，首先改变自己。"

语气虽然严厉，但话语中包含着政子的体贴。

"我会转告社长的。"

那天，半泽与中西一同将堂岛芳治的遗物搬回银行，总共有三个硬纸箱。

事情即将朝着意想不到的方向发展。

3

"怎么样？堂岛舅母那边。"

小春出现在社长办公室时，友之正把身体埋在带扶手的沙发椅中独自沉思。

跷着脚、单手托腮的友之用空洞的目光看向小春，但他没有吭声。

"不行吗？"小春在友之对面的沙发坐下，"这也正常，没那么容易的。"

这句话比起友之，更像是她说给自己听的。

"堂岛舅母说了什么？"

"她说，不会给赤字的公司提供担保。"

小春颇感意外地看着友之。

"真是个刚愎自用的老太婆，让人火大。她还说，承载社会意义的杂志不可能是赤字。"

友之的语气虚弱无力。

"你之所以生气，是因为被她说中了吧。"小春说。

友之很久没有吭声。

"我难道不清楚吗？"友之一边叹息一边说道，"也许我一直在逃避改变公司这件事。现在，居然被人指着鼻子说亏损的杂志能有什么社会意义。好不甘心啊，但这是事实。"

小春瞪大了双眼。

"堂岛舅母懂经营，真叫人佩服。"

"有什么好佩服的，不过是个贪得无厌的老太婆。"

友之的眉头皱了起来，然而——

"喂，小春。"突然友之像下定决心一般转向妹妹，"继续这样下去是不行的，我们索性搞一次改革吧，经营改革。"

友之认真的语气让小春默默地倒抽一口气。

"是我本末倒置了。"友之继续说道，"借钱之前，向别人寻求担保之前，我应该更加认真地审视一遍自己的公司。然而，我却用历史、社会意义做借口一直在逃避。现在这一套已经行不通了。哪怕过程痛苦，现在也不得不做。我要改变仙波工艺社。"

看着神情坚定的友之，小春的喉头滚动了一下。

"你想，产业重组？"她问道。

"我想停掉《现代艺术手帖》。"

那是仙波工艺社出版的三本杂志之一。《现代艺术手帖》编辑部总共七名员工。某种意义上，这本杂志的内容甚至比招牌杂志《美好时代》更具专业性。

小春惊讶地瞪大了眼睛。

"编辑部的员工要怎么办？全部裁掉吗？"

"我会让他们办理提前退休，一部分员工编入《美好时代》编辑部，组成精锐部队。剩下的，企划部可以接收吗？"

"怎么可以这样，这太突然了……除了停刊以外没有其他办法了吗？"

"没有。既不改变现状又能活下来的办法，只有一个。"

"只有一个？"

小春吓了一跳，她看着友之顽固的侧脸突然明白了他的意思。

"社长，并购是绝对不行的。"

小春慌张地说出这句话时，门外响起了敲门声，一名员工探出脑袋汇报：

"社长，东京中央银行的半泽先生来了。"

"让他到这儿来。"

友之说罢往扶手沙发的椅背靠去，眉头深锁。他暂时闭上了双眼。

4

"然后呢，怎么样了？"

渡真利举起新端上来的啤酒杯，痛快地一饮而尽。他满足地擦了擦嘴角的泡沫。

"我把堂岛芳治没写完的信交给了他，也告诉他堂岛政子有可能提供担保。在那之前，友之社长已经明白了自己该做什么。"

"产业重组吗？"

"他好像也在考虑接受并购。友之社长说得很诚恳，但是，无论谁是公司的实际控制人，公司面临的课题都不会改变。"

半泽将略带思索的目光投向了吧台对面，这是他们常来的"福笑"居酒屋。在吧台里侧，老店主正和往常一样挥舞着雪亮的菜刀，利落地处理着食材。

"确实。"渡真利说道。

"没有什么改革不伴随痛苦，做决定的是社长。"

半泽专注地看着墙壁上的一点。

"这正是公司经营的难点。"渡真利说。

接着，他又饶有兴致地问："还有，寻宝怎么样了？"

"毫无进展。"半泽保持着目视前方的姿势回答道。

"堂岛政子给你的硬纸箱里到底装了什么？"

"两年前的杂志、报纸和信，还有三本相册。"

"相册？"

"旧相册，芳治或许曾经躺在病床上怀念健康的往昔吧。他这种心情，我也不是不理解。"

"然后呢？找到类似线索的东西了吗？"

半泽静静地摇头。

"那可能是个假消息。"

"不——"半泽再次摇头，"芳治信里写的东西不像是假的。如果找到宝藏，或许能发现新的商机。"

但渡真利从一开始就抱着半信半疑的态度。

"但如果找不到宝藏，经营改革也失败的话，仙波工艺社就只能接受并购。到那时，可就是你输了。"

"这不是输赢的问题，真到那一步也没办法。我会高高兴兴地帮助仙波工艺社推进 M&A 项目，毕竟这也是客户的经营判断。"

"但在我听来，怎么有股输了还犟嘴的味道呢？"渡真利笑道，"如果并购案成立。这次，你可就被大阪营本的和泉和伴野设下的权力游戏狠狠地摆了一道。你们支行长浅野也在跟他们暗中勾结。"

"融资部怎么样了？"半泽问道，"他们害我们吃了不少苦头。猪口虽然拿金融厅做借口，但实际上到底是什么情况？"

"猪口倒是无关紧要，关键是北原部长。你也知道吧，他是出了名的严格。他应该不会故意针对仙波工艺社，但从结果上看，好像被那帮急于促成并购案的家伙利用了。"

"听说是十五亿。"半泽吐出一句话。

渡真利没有说话，只是用眼睛询问半泽。

"那是仙波工艺社的品牌费。"

渡真利询问的双眼因惊讶而瞪大。

"真豁得出去啊。看起来，田沼社长对仙波工艺社非常中意。"

"事实上，这才是最大的疑问。"半泽小心翼翼地斟酌着措辞，"老实说，仙波工艺社真的值那么多钱吗？不，我不是在说客户的坏话。只是，每家公司有每家公司适当的价格。现在的仙波工艺社并不具备那样的价值。"

"原来如此。"

渡真利也表示赞同。他思考了一会儿，似乎并未想出合理的解释。

"这是思虑不周的暴发户行径？还是另有所图？抑或是一种相互刺探？"

"搞不清楚田沼社长到底在想什么，这件并购案的可疑之处就在于此。这件事，大概另有隐情。"

然而隐情究竟是什么，半泽完全没有头绪。

大阪营本的伴野给半泽打来电话，说有新消息转告仙波工艺社，是第二天发生的事。

5

那天，友之刚好有事需要前往银行的营业窗口，于是双方决定在大阪西支行的会客室进行面谈。

银行把每月二十五号称作"繁忙日"，许多公司选择在这一天结算。因而，二十五号与月末是一个月最忙碌的时候。此时银行内挤满了客户，电话铃声接连不断地响起。

"前些日子非常感谢，今天劳您大驾光临，不胜惶恐。"

大阪营本的伴野郑重道谢后，将友之请进会客室。

"社长，非常感谢您抽时间过来。"

就连碰巧在行内的江岛也跑过来，开始冲友之点头哈腰。

"融资的事进展异常不顺，我也担心了好久呢。好在有并购方案，听说对方开出的条件十分优厚。请您务必考虑一下。"

"好让你们能赚到奖金积分是吧。"

友之的挖苦让江岛谄媚的笑容瞬间萎缩。

"那么，请伴野调查员说明一下吧。"江岛把话头交给伴野后，连忙闭上了嘴巴。

友之的心情之所以比平时糟糕，是因为这几日经营改革方案的讨论并不顺利。

他希望在不解雇任何一名员工的前提下推进改革，但现状并不允许。他不想裁员，但如果不裁员，改革就不可能成功。现在的友之正处于这种两难的境地。

"我将仙波社长布置的作业扔给田沼社长后，立刻有了答复。今天，正是要向您转达这条回复。"

"作业？"友之反问。

"就是关于贵公司的经营理念。"

听到伴野的回答后，友之敷衍地"啊"了两声，语气并不期待。

"这是田沼社长的回复。"

伴野一面说一面从公文包里取出杰凯尔的信封，从中取出一封信。

"我开始读了。

"仙波友之先生。前几日您在百忙之中愿意聆听我方的提案，叫我不胜感激。事后，我从担任中介工作的东京中央银行伴野氏口中听说，您担心这份提案与贵公司的经营理念'评论之公正'相抵触。考虑到我方的经营内容，我认为您的担心非常有道理。接下来，请允许我用书信的方式向您说明。

"我本人对仙波工艺社的历史与权威性满怀敬意，也对贵社独立的评论精神深有共鸣。

"贵社之所以能在我国美术界保持严正中立的形象，必然依靠的是这条独一无二的经营理念与遵照该经营理念进行的出版活动。

"我方将在此前若干条件的基础上增加一条新承诺。

"今后，我方也将彻底保证贵社评论之公正、出版之自由。

"请继续在绝对公正的理念指导下，开展自由丰富、充满创意的出版工作。这也是我方的心愿。

"我衷心期待有朝一日能与贵公司携手，共同开拓日本艺术界的未来。请您务必放下所有顾虑，仔细考虑我方提案。拜托您。"

信的最后有田沼时矢的亲笔签名。

"您看一看吧。"

友之接过伴野递来的信，脸上浮现出困惑的神情。

"问题解决了呢，社长。"

江岛欣喜的声音也没引出友之任何的反应。

此时的友之正在为经营改革伤透脑筋，另外，杰凯尔开出的又尽是反常的条件。

"田沼社长并没有干涉美术评论或出版方针的意思，他只是纯粹地想为美术界贡献一分力量。所以，他想助贵公司一臂之力——这份提案的用意便是如此，请您一定积极考虑。"

在半泽与中西的注视下，友之轻轻地叹了一口气。

现在的友之站在资金链即将断裂的生死关头，孤立无援。融资申请遭遇暗礁，想向堂岛政子寻求担保，经营改革却又进展不顺。

"知道了。"过了半晌，友之答道。

这句话让中西惊讶地抬起头。

这个回答，的确出人意料。

"我会积极考虑。"

"非常感谢。"

伴野笑逐颜开。

"条件如此优厚的 M&A 提案打着灯笼也难找，我就知道您会这么说。对吧，江岛副支行长。"

被伴野问到的江岛接连点了好几次头，脸颊因兴奋泛起了红晕。

此时，友之面朝天花板，闭上了双眼。

他并不想接受并购提案，但现实却逼迫他不得不考虑。

"课长，这是怎么回事？友之社长放弃靠自己筹措资金了吗？"

中西带着无法释然的表情朝半泽的办公桌走来。在个性直率的中西看来，答应考虑仙波工艺社的并购提案，意味着友之社长心意的转变。

"他只是说会考虑，又没有真的同意。"半泽说道。

但中西好像并不认可。

"只要推行经营改革获得堂岛太太的认可，就能得到融资担保。我觉得希望还是很大的。"

"但是，经营改革方案却讨论得不顺利。"半泽回答，"万一，堂岛太太拒绝提供担保又该怎么办？让所有员工去睡大街吗？经营公司不能光靠正义感，有时也需要清浊并吞的狡黠。对友之社长而言，所有的可能性都是选项之一。"

"那么，那两亿日元的融资申请——"

"当然要继续跟进。友之社长既然决定战斗到底，我们就要全力支援。这些，也包含在内。"

半泽的眼神转向堆在办公桌旁的硬纸箱，那是从堂岛政子家拿来的遗物。

"现在，正是检验友之社长经营手腕的时候。"听到两人对话的南田说道，"中小企业的经营，就是在一个又一个的迷惘中思考怎么做才能活下来。陪伴它们走出困境，是我们的工作。"

一切正如南田所说。

6

仙波工艺社的并购案向前推进了一大步，当天整个下午，支行长浅野的心情都极为舒畅。

"不出意外的话，奖金积分就是我们的囊中之物了，支行长。我已经提前将这单案子列入业绩预测中了。"

副支行长江岛也在不遗余力地迎合浅野，支行内充盈着与往日不同的和谐气氛。

然而，就在支行为关店准备忙碌得不可开交的傍晚时分，却出现了一点不和谐的插曲。

下午五点半过后，结束一天业务的支行进入处理白天遗留工作的加班时间。

半泽正在浏览下属提交的融资申请书，却听到江岛说："支行长，今天的祭典委员会，拜托您了。"他不由得竖起耳朵。

"祭典委员会？啊，是今天吗？"背后传来浅野兴致不高的声音，"江岛君，你代我出席吧。"

"不行啊，我今天和北堀制铁所的社长有约。"

"又有约？你跟客户吃饭是不是吃得太频繁了？"

难得从浅野嘴里听到一句正确的话，然而紧接着，他马上说出了那句意料之中的话。

"那就让半泽课长去吧。喂，半泽。"

半泽轻轻叹了口气，从座位上起身，向浅野走去。

"你，去参加祭典委员会。反正你今天没什么事，也不用开会，对吧。"浅野用轻浮的语调说道。

"我确实没有安排。但就像我上次在报告里写的那样，我认为那种聚会，应该由支行长出席。"

"我有安排了。"

浅野将公文包拉到跟前，开始收拾办公桌。

"但是支行长，祭典委员会的日期是早就确定的。参会委员也不会接受'有安排'这种理由。"

"不就是个稻荷神社的祭典吗？"浅野的声音变得尖锐起来，"说白了，就是一帮做会长的老头儿凑在一起消磨时间的聚会，有必要让我这个支行长特意露面吗？有你这个融资课长就够了。"

过去的祭典委员会都由半泽一人出席，不必说，每次他都要为浅野的缺席不停道歉。

"但这次需要请求参会委员支持银行业务。"

"是啊，支行长。您还是出席一下吧。"

就连江岛也开口劝说，想必是产生了某种危机感。

银行向参加稻荷祭的客户提出的请求，无非是希望对方追加定期存款或融资金额。无论哪一种都算不上紧急案件。说白了，只是银行单方面恳请客户帮衬业绩的行为，并且，对象还是以严格挑剔著称的老会长们。

"怎么连你也——"浅野用可怕的眼神瞪着江岛，"客户支持我行业务不是理所当然的吗？亏我们平时那么照顾他们。"

"那个，您说得对。"

被浅野瞪着的江岛只好灰溜溜地咽下想说的话。

长期任职于总行的浅野已有二十多年没在支行工作过，他以为二十年前银行耀武扬威的姿态还能延续至今，只能说这是一种时代错觉。

"总之，我可不想出席什么祭典委员会。半泽课长，拜托了。"

神情凝重地扔下这句话后，浅野不再听任何人的劝说，迅速离开了办公层。

"这下难办了。"

江岛有点不知所措。他毕竟在大阪西支行待了两年，深知祭典委员会众人的性格。

被浅野评价为"老头儿集会"的祭典委员会，实际是为支行经营积攒人气的联谊会。

不仅如此，它还为各方经营者提供了宝贵的交流机会。在那样的场合下，大家可以推心置腹地聊一聊怎么做才能繁荣地区产业，进而促进银行发展。

"事已至此也没别的办法，你去参加吧。"

支行长缺席的情况下，理应由副支行长江岛出席。但江岛似乎完全没这个打算。江岛也有问题，居然完全没考虑支行长无法出席的情况，早早就与客户约好聚餐。某种意义上，江岛与浅野一样，都在内心的深处轻视着客户。

"那就拜托了，大家也好好加油。"

江岛立刻开始收拾办公桌，不到五分钟便也从办公层消失。

"没问题吧？"

看到这种情况，南田担忧地皱起眉头。

"怎么可能没问题。"半泽不得已穿起西服外套，"希望别出什么大事——"

他有种不好的预感。

第四章　稻荷祭风波

1

祭典委员会通常在氏子总代表的公司会议室举行。遵照这条惯例，今天，八名委员会成员聚集在本居竹清担任会长的立卖堀制铁所会议室里。

这里的每一家公司都是东京中央银行大阪西支行的大额交易对象。换句话说，都是可被称为支行经营支柱的重要客户。

半泽进入会议室时，所有成员正围坐在大型会议桌旁闲聊。

此刻，闲聊声戛然而止，会场立刻被一种生硬冷淡的气氛笼罩。

"我来迟了。"半泽说。

事实上，距离会议开始只过去了几分钟。半泽朝围坐在一处的经营者们鞠躬致歉，打算拉出最末席的椅子。这时——

"那不是你的座位。"一名委员会成员尖锐地说道。

此人是九条钢铁的会长织田圭介，他以态度强硬著称。

会议桌正中央坐着主持会议的本居竹清，他身旁的织田正用不留情面的眼光盯着半泽。

"那是支行长坐的位置，浅野支行长人呢？"

"非常抱歉，浅野今天有要事在身，无法出席。"

"'要事'是什么事？"

"据说是无法推托的要事。"半泽含糊地答道。

他也想详细解释，可浅野根本没说清"要事"的内容。

"也就是说，那是比祭典委员会还重要的'要事'。"竹清脸上露出与以往不同的严肃表情，"你以为，我们从繁忙的工作中抽空赶到这里是为了什么？"

"真的非常抱歉——"

半泽咬紧了嘴唇，除了道歉，他无话可说。

"就是不把我们放在眼里呗，这个支行长架子真大。"另一个委员说道。

"下次他一定会出席的，今天的事能不能大事化小呢？拜托各位。"

半泽深深地鞠了一躬。

"这是看不起我们吗？"织田咆哮道，"我们聚在这里，是为了讨论怎么让你们银行的业绩更上一层楼。支行长却一副置身事外的样子，有这么瞧不起人的吗？我不干了。"

"刚才大家还说，今天支行长来了以后，要好好说说他。"竹清冷淡地说道，"他这样下去是不行的。听说他昨天还去织田会长那儿问人家想不想把公司卖掉。这件事，你知道吗？"

半泽惊讶地看着竹清，说："不知道——"

"那支行长到底在想些什么啊？"会议桌四周响起了小声议论的声音。

"听说只要我们卖掉公司，支行就能赚到奖金积分。"织田恨得牙痒痒，"我们难道是银行达成业绩的工具吗？一直以来你们银行都是公司的主力银行，从今往后不是了，我要把业务转去白水银行。"

"织田会长，请等一下。"半泽连忙阻止，"我一定会把各位的意见认真地转达给浅野。更换主力银行的事，请您三思。"

"问题不仅仅是支行长对祭典委员会的轻视。"竹清直视着半泽的双眼，"真正的问题是，浅野支行长对我们这些客户没有一丝感情。对浅野而言，不，对东京中央银行而言，客户到底是什么？只是赚钱的工具吗？如果支行长这么想，我们就不可能把业务交给你们。因为一旦公司出现什么意外，浅野支行长并不会助我们一臂之力，岂止如此，他或许会第一个逃跑。这样的银行，怎么能做公司的主力银行？"

半泽无言反驳，他能做的，只是反复地、没完没了地道歉。

"还有，关于这次东京中央稻荷的'稻荷祭'，半泽先生。"竹清最后说道，"我们只参加祭祀活动，晚宴就不必办了。我们也拒绝提供一切以祭典为名义的业务支持。"

"各位请等一下。"半泽慌忙解释道，"各位的心情我完全理解。但是，浅野也不是那种冥顽不灵的人。请各位再给我们一次机会，我一定让支行长向各位郑重道歉。"

"跟你说不通啊。"织田埋怨道，"总之明天一早，我们会把刚才的话亲自对浅野支行长说一遍。你让他好好等着。"

　　如织田所言，祭典委员会成员亲自杀到支行，是第二天上午十点发生的事。

2

那天早上——

半泽在上午八点到达银行，比平时要早。

昨晚，他已经向浅野汇报了祭典委员会发生的事，但浅野根本不放在心上，还说那只是他们的口头威胁。

半泽还想联系副支行长江岛，但不知江岛又辗转去了哪家酒馆喝酒，一直联系不上。

江岛在昨晚的饭局似乎遇上什么好事，八点过后，他心情愉悦地出现在办公层。然而——

"怎么会——"

听完半泽的汇报，江岛的嘴唇瞬间开始发抖，脸上的血色"唰"的一下消失殆尽。

"这、这件事，你向支行长汇报了吗？"

"汇报了，但他完全不当回事……"

江岛焦急地扫了眼挂钟。

与此同时，浅野的身影刚好出现在办公层。

"支、支行长。大事不好了！"

江岛向浅野奔去，差一点摔倒。

然而，浅野却依然气定神闲。

"真是的，他们就那么希望我出席吗？无聊透顶。"

浅野将祭典委员会发生的事单纯归结为参会委员在"闹脾气"。

"但他们确实大发雷霆，还说要更换主力银行。"

浅野用怜悯的目光看着江岛。

"他们只是嘴上说说。"浅野觉得这事过于荒唐，不由得轻蔑一笑，"太夸张了，关西人就喜欢这样，虚张声势。"

他还特意学起奇怪的关西腔。然而世上再没有哪个人比浅野更不适合讲笑话。

"支行长，那些客户并不是那种随便说说的人——"

"他们要是离得开我们，那就试试呗。"浅野看着越说越激动的江岛，放出狠话，"听好了，副支行长，还有融资课的诸位。没有哪家公司的业绩会永远一帆风顺。一旦业绩恶化，他们能依靠的只有银行。与银行作对没有任何好处。连这点道理都不懂的人，在我看来，没有资格做经营者。如果他们真的计较，要我去说一两句软话也不是不可以。"

浅野说完立刻回到自己的座位，开始阅读晨报。客户抗议也好，愤怒也好，似乎都与他无关。

然而，过不了多久，他就会知道自己的判断错得有多么离谱。

"浅野支行长在吗？"

昨晚的警告变成了现实，以本居竹清为首的"难波教父 ①"们手握用以返还银行融资的支票，踏进了支行大门。

"听我说两句，支行长。"

率先开口的是本居竹清，他从上衣口袋拿出三十亿日元的支票。

这情景让浅野目瞪口呆。

"这、这到底是……"

"显而易见，这是用来归还贷款的支票。账户里有钱，用这个就能还清。我已经把你们银行一半的融资业务转移到了白水银行。接下来，我还打算按照到期顺序依次归还你们银行的贷款。拜托了。"

"请、请等一下。"到了这个地步，浅野终于意识到事态的严重性，"说到底那不就是个稻荷祭吗？晚宴会场我们也早就预约好了。"

"那晚宴，别办了。"织田语气决绝地顶了回去，"实在想办的话，今后去找其他客户陪你们办吧，我们就不奉陪了。"

银行收回发放给客户的融资，切断业务往来，叫作"分选"。

反过来，客户主动切断与银行的业务往来叫作"逆分选"，简

---

① 难波是大阪古称，教父指头面人物、开拓者。这里旨在突出本居竹清等人在大阪商界的地位。

称"逆选"。

被客户"逆选",对银行而言是真正的奇耻大辱。如此严重的事态,即使在过去也很少见。

客户当场提交的还贷支票高达百亿日元,这意味着,大阪西支行总融资额中有相当一部分,已在瞬间化为泡影。

这实在事关重大。

"昨天到今天这么短的时间内,再怎么着,事情也不可能恶化成这样啊。"待竹清等人离开后,勉强保持住理智的江岛说道,"他们是不是早有准备?"

浅野只能用颤抖的手握住支票,用呆滞的双眼一动不动地盯着竹清等人消失的楼梯口。

"半泽……"浅野的喉咙发出嘶哑的声音,"是你一直在参加祭典委员会对吧。既然你知道会发生这种事,为什么不向我汇报?"

浅野这招诿罪于人太过出乎意料,办公层的全体员工一时无言以对。

"难道你是故意隐瞒的?"

"不,祭典委员会的事我都一一向您汇报了。我也没想到事情居然会发展到这个地步。"

听到半泽的回答,浅野立刻瞪着发红的双眼愤怒地喊道:

"你居然一点都没察觉到,任由事态发展到这个地步。这全是半泽融资课长,你的责任。给我好好反省!"

这话太过荒谬,甚至让半泽丧失了反驳的欲望。浅野怒气冲冲地将那一把支票塞进半泽怀里。

"我们去找业务统括部商量，副支行长！"

呆呆地站在原地的江岛听到这句话后才清醒过来。

"瞧瞧你办的什么事儿！"

他用手指了指半泽的鼻尖，紧跟在浅野身后，快步走进了支行长办公室。

3

　　"现在，总行也在议论这次'世纪大逆选'呢。你可得振作，半泽。"

　　半泽所在的地方是常去的西梅田"福笑"。坐在他身旁的，是因公事来大阪出差的渡真利。因每次出差都光顾这里，渡真利早已变成店内的常客。

　　"听说是你一直在参加那个祭典委员会，你没看出什么征兆吗？"

　　"老实说，我也没想到会出这么大乱子。"半泽摇了摇头，说道，"事后我才知道，客户对浅野的不满似乎已累积到一定程度了。"

　　这几日，半泽的工作就是跑遍每家公司去赔礼道歉。

　　虽然再三恳求对方恢复业务关系，但没有一家公司给出好脸色。半泽感受到最多的是客户对浅野强烈的不信任。浅野做的"好事"不胜枚举，例如对客户提交的融资申请反应冷淡，到处胡言乱语，劝客户与其苦苦支撑不如把公司卖掉。

"但是，总行的说法可不是这样。"渡真利带来了无法置之不理的消息，"那边的版本是，出席祭典委员会的融资课长没能好好协调关系，才导致客户大量出走。"

"这是怎么回事？"

"肯定是浅野跟各部门打好招呼了。"渡真利压低声音说道，"照他的说法，责任全在融资课长，也就是你身上。要不了多久，业务统括部就会传唤你，你知道这背后的猫腻吧。"

"宝田吗？"

"没错，浅野支行长和宝田恐怕私下早已谈妥。"

"卑鄙无耻。"

半泽的眼中，怒意在静静累积着。

"你也不想就这么被算计吧。半泽，听好了，无论如何一定要辩驳，千万别因为对方是支行长就心存顾虑，否则，这口黑锅就会扣在你一个人身上。这种事，那帮家伙做得出来。"

半泽再次了解到被权力斗争裹挟的总行究竟是一副什么光景。

"到时再说吧。"

"你怎么还不紧不慢的？"渡真利真心为半泽感到担忧，"宝田到现在还记恨被你驳倒的事。他正摩拳擦掌，准备趁这个机会狠狠地报复你呢。"

"我之所以反驳他，是因为那家伙行事荒唐。他居然对此置之不理，半点反省的意思都没有。"

半泽冷哼一声，把筷子伸向装着醋拌凉菜的小碗，那是用切碎的黄瓜和章鱼拌成的凉菜。

　　"那帮家伙知道反省两个字怎么写吗？他们只知道明哲保身，所以才需要你这只'替罪羊'。"

　　"无耻的家伙。"半泽骂了一句，愤怒地盯着墙壁。

4

"这次的事是你疏忽大意了，浅野君。"

浅野所在的地方，是大手町东京中央银行董事办公层其中一间办公室。

因客户出走一事赶往东京的浅野，今天也跑遍了各个相关部门说明情况。他已记不清这是第几次为了此事疏通关系。

业务统括部部长宝田从办公桌后站起，让浅野坐在沙发上，自己则一屁股坐在沙发对面带扶手的靠椅上。

"这次的事犹如晴天霹雳，老实说，我也很震惊。"

浅野一边擦拭额头的汗珠一边解释："和客户的聚会一向由半泽出席，他完全没向我汇报。如果提早了解到情况，我们也能着手应对，现在就连我也不知道该怎么办了……"

"然后呢？后来怎么样了？"

宝田把交叉的手指放在大腿上，一脸为难地听着。

"半泽去了各家公司赔罪。但因为都是些顽固的客户，未来的动向还不明确——"

"今后，他们还会继续还贷吗？这可不妙啊。"

"后来我才听说，以前也发生过类似的事。"浅野说的是大阪西支行隐秘的过往，"这次出走的公司以前多数是关西第一银行的客户。关西第一银行似乎做了让他们不满的事，于是他们就一起造反，把业务转到了我们银行。它们都是那一带的老企业，经营者也都关系亲密、十分团结。该怎么说呢，就类似于一次农民起义吧。"

浅野的话里透着十足的优越感。

"反过来说，你也应该提前摸清那帮家伙的脾气吧。"

"直接和他们接触的是半泽，他从来没提醒过我这些。"

"原来如此，半泽的做法很有问题啊。"

宝田陷入了沉思。

"再怎么样，我们也不可能突然被'逆选'。"浅野辩解道，"此前一定有相应的征兆，但半泽却完全没看出来。他无能到这种地步，早就不值得信任了。"

"也就是说，如果一线负责人半泽履行了自己的职责，这次的事故完全可以避免。这责任可不小啊。"

"我也不想把下属说得太过分，但事实就是这么回事。"

浅野故意露出一副苦恼的表情，再次向宝田道歉："这次的事，非常抱歉。"

"你作为支行长虽然应该负起所有责任，但我觉得，酌情处理的余地还是很大的。"

"您的宽宏大量让我不胜惶恐。"

"这件事，已经传到行长耳朵里了。"

"五木行长吗？"听到这句话，浅野脸色大变，嘴唇开始颤抖。

五木对下属的失误向来不留情面，是个赏罚分明的人。一个不小心，这可能会影响浅野接下来的晋升。

"行长命令我查清楚事实。我想，可能会成立审查委员会。"

"审查委员会……"

曾经任职于人事部的浅野自然明白这意味着什么。

每当发生负面事件时，银行便会成立审查委员会。审问的场面宛如中世纪教廷审讯异教徒，不仅如此，那些承受过枪林弹雨般犀利审问的"嫌犯"最后无一不被赶出晋升的阶梯，从此消失在大众视野。

"我、我也会被审查委员会传唤吗？"

"当然，你是支行长嘛。但说到底，你只是受害者。"宝田耐心地解释道，"一件事情里必然有加害者和受害者，你是受害者，加害者嘛，就是那个——半泽。"

浅野恭敬地说了声"是"。宝田继续说道："你只需要大大方方地说出真相。与审查委员会作对确实可怕，但如果得到他们的支持，你就会发现，世上再没有比这更可靠的靠山。听好了，银行需要你这样优秀的人才，你要把这句话铭记在心。在银行待久了，偶尔也会遇到这种事。"

"非常感谢。"

浅野感动得热泪盈眶，紧紧握住了宝田伸出的右手。

"啊，对了对了。"正当浅野怀揣昂扬的斗志准备离开办公室时，宝田像突然想起什么似的开口道，"作为交换，仙波工艺社的 M&A 你得好好跟进，行长也很期待呢。"

"我一定竭尽全力，不辜负您的期待。"

办公室的大门关闭的瞬间，浅野看到的是宝田那张春风得意的笑脸。

5

"审查委员会吗？"中西困惑地重复了一遍，同时用想不通的眼神看着南田，"什么时候举行？"

将一天的工作大致处理完毕后，南田凑巧与年轻行员们一同下班。离开支行时，时间已超过晚上七点。

"要不要去喝一杯？"南田提议道。

即使是中西这些年轻行员，也察觉到行内令人窒息的气氛，谁都想透口气，因此没有人拒绝这个提议。

接着，众人走进了支行附近的烤鸡肉串店。

"好像是这周五，听说刚才业务统括部联系了江岛。他们好像要传唤浅野支行长、江岛副支行长，还有半泽课长。"

"课长也在吗？"

惊讶地问出这一句的，是名叫友永的融资课年轻员工。他也是中西的前辈，入行三年。友永不愧出身于大学篮球部，即使坐着也比旁人高出一个头。

"我找融资部的熟人打听了一下，浅野支行长在总行到处宣扬这次事件是半泽课长的责任。审查委员会虽然也叫了浅野支行长，但真正针对的却是半泽课长。"

"怎么可以这样？"中西不由得提高音量，"课长没做错任何事，只是出席了支行长推给他的祭典委员会而已。"

"浅野的逻辑是，半泽课长无视祭典委员会的不满，没有向支行汇报才是事件的主因。"

"这不是推卸责任吗？"中西骂道，"明明是他自己把不想去的聚会推给了课长。半泽课长知道这事吗？"

"课长的消息向来灵通，大概听说了吧。"

南田虽然这么说但并不清楚详情。半泽说要再次向氏子总代表本居竹清表达歉意，在傍晚时分离开了支行，拜访结束后，他应该直接回家去了。

"说到底，浅野支行长从未参加过一次本该由他亲自出席的聚会。肆无忌惮地劝别人卖掉公司，引起客户不满的，也是支行长。这些才是事情的主因，课长应该这么强调。只要死咬住这一点不就行了吗？"另一名年轻行员本多说出口的是真正具备建设性的意见。本多入行五年，去年从东京都内的支行调到大阪。

"即使强调了，也不一定有效果。"南田持悲观态度，"不管理由是什么，出席祭典委员会的确实是课长。既然如此，他就应该察觉到事情的征兆，并向上级汇报。这是总行的看法。"

"课长汇报了呀。"中西抗议道,"不当一回事的是支行长。如果审查委员会认定半泽课长有错,那会怎么样?"

"会怎么样呢?"

南田停住了将烤鸡肉串递到嘴边的手,低下头。当他再次抬起头,眼中浮现的却是属于上班族的悲哀。

"如果变成那样,课长大概会马上收到调令吧,会被降职。"

"降职……"中西呆呆地重复着,视线落在餐桌上,"怎么可以这样,怎么可以……"

"浅野支行长真是个可怕的人啊。"

南田叹了一口气,叹息声中饱含对前途未知的担忧。

"你怎么又来了啊,也是不容易。"

半泽还来不及敲门,门就自动开了。眼前出现的是本居竹清和智则二人。

本居智则与竹清的长女成婚,是本居家的入赘女婿,从前就职于某大型商社的钢铁部。他没有辜负竹清的赏识,自从他出任社长后,立卖堀制铁的生意便越加兴隆,业绩也呈逐年上升的趋势。

"无论多少次也要来。这次,真的非常抱歉!"

看到站起身深深鞠躬的半泽,竹清劝道:"好了,坐下吧。"

"我从社长那儿听说,这次,你好像要在你们总行遭罪了。"

这大概指的是审查委员会。令人惊讶的是,竹清居然知道这件事。

"您怎么会……"

"中午时南田先生来赔罪，顺便说了这事。"回答的是智则，"他说半泽先生并没有做错什么，求我们帮忙说情。"

"南田他……"

虽然对半泽只字未提，但南田也在用自己的方式为他担忧。

"话说回来，银行这地方还真可怕。听说你要吃苦头了。"

"对不起，都怪南田说了多余的话。"

"减少你们那儿的业务真是个正确的决定。东京中央银行，原来是这种是非不分的银行啊。"

虽然被竹清如此批判，半泽却无言反驳。

"只让下属一个劲儿地来道歉，你们的支行长究竟在做什么？"竹清问到了最关键的地方，"他肯定是把客户丢在一边，自己偷偷摸摸回总行疏通关系去了吧。"

在这个老人面前，一切浑水摸鱼的做法都行不通。独自创立卖堀制铁、将公司经营成大型企业的竹清具备识人的才能。谁在兢兢业业地上门拜访，谁在面对烂摊子时抽身而去，他都看得一清二楚。正因为他多年来见识过形形色色的人物，才具备如此慧眼。

"还有，你在面对那个审查委员会的时候，打算怎么说？"

"我还没想好。"半泽答道，"也不知道他们要问什么，顺其自然吧。"

"如果最后是你被调走，那该怎么办？"竹清问道。

半泽在回答之前，停顿了好长时间。

"船到桥头自然直，害怕人事调动的话，还怎么当上班族啊。如果我被调走，只能证明银行就是这种水平的组织。"

"原来如此。"

竹清微微示意，智则马上将一枚信封推到茶几上。

"这是——"

"你先拿着，也不知道能不能派上用场。"

半泽伸手拿起信封。

"银行也得看人。"竹清严肃地说道，"同一家银行，换一个支行长和客户经理就完全是不同的印象。对我们这些借钱的人来说，身体力行地为我们解决难题的客户经理是无论如何也要保护的对象。审查委员会的结果出来后，你能告诉我吗？"

面谈只花了十来分钟，半泽与竹清的交谈就这样结束了。

6

"审查委员会的成员定下来了，半泽。"

渡真利的电话是在下一周的星期四下午，直接打到半泽工位上的。

"首先是人事部的小木曾，此人是浅野调到大阪西支行前的部下。还有兼任关西业务推进部部长和泉，以及我们部门的野本部长代理。小声说一句，这位老兄原先在大阪营本待过，是业务统括部部长宝田的小喽啰。"

"这是故意的吗？"半泽咂了咂舌。

渡真利接下来的话更加致命："审查委员会会长，就是那个宝田。你节哀顺变吧。"

"这是浅野保卫战吗？"

"不，是半泽围剿战。在总行，人人都认为这次事故是你的责任。话说回来，在大厦楼顶建神社、办祭典这种事，就算跟东京的人说了，他们也搞不清楚重要性。"

"或许吧。"半泽漫不经心地应道。

他在办公桌前翻开一本旧杂志杂志，那是从堂岛政子家拿来的遗物。目前还没找到线索。

"现在是你优哉游哉的时候吗？如果是这帮人，不管你怎么辩解，结果都是你一个人背黑锅。你做好心理准备了吗？"

"他们问什么我就如实回答什么，仅此而已。"

"这真不像你会说的话。"渡真利冷淡地说道，"大家都那么看好你，你怎么能在这种地方跌倒？"

"那样的话，你就尽可能双手合十为我祈祷吧。"

电话那头的渡真利似乎还想说什么，半泽说了句"我有点忙"就把听筒放下了。

背后的支行长席空空如也，为了明天的审查委员会，浅野提前去了东京。

"没问题吗？课长。如果有什么需要准备的，我可以帮忙。"南田似乎听到了半泽与渡真利的对话，出声问道。

中西也担忧地站起身。

"不用，我已经准备好了。你们不要在意，该做什么做什么。"

副支行长席上，同样被审查委员会传唤的江岛神情紧张，嘴里念念有词，但听不清究竟在说什么。他好像在用自己提前准备的假定问答集做审查前的预演，今天无论跟他说什么，他都心不在焉。

顺其自然吧。

但这并不等于半泽允许自己失败。

大体相信人性本善，但也会将落在自己身上的火星掸落得一干二净——这便是半泽直树的处事原则。

7

那天，半泽乘坐了早上六点的新干线，在上午十点前走进位于丸之内的东京中央银行总行。审查委员会即将开始。

在那间小等待室里，浅野沉默不语，他的额头青筋凸起，显得有点神经质。另一边，江岛正拼命背诵手里的假定问答集。

终于到了十点，业务统括部的调查员露面，首先将浅野叫去了隔壁的会议室。不到三十分钟，浅野心情舒畅地回来了。

"支行长，您辛苦了。怎么样？"

"正义是站在我这边的。"

浅野脱掉外套，随意坐下了。他接过负责接待的调查员端来的纸杯咖啡，满足地喝了一口。

没过多久江岛也被叫进去了，他离开时脸上的表情不同寻常，仿佛紧张的街头混混。

"居然会变成这样。半泽君，对你而言可能太残酷了。"在只剩两人的等待室里，浅野这样说道，"不过，这也是你自作自受，你就认命吧。"

这世上，真的有将自己的谎言信以为真的人，或许浅野就是其中一个。

"我自作自受吗？"半泽说。

浅野皱眉，反问道："难道我说得不对？"

"我认为不对。"半泽笑着回答。

浅野的脸沉了下去。

"你这种态度才是最大的问题。"

"支行长，我还想再问一遍。"半泽没有理会浅野的斥责，问道，"您为什么不去参加祭典委员会？"

"你怎么还在说这事？"浅野带着一些怒气说道，"因为我很忙啊。重要的碰头会、饭局，对支行长而言，这些都是要紧事。"

"是吗？"半泽问道，"您对审查委员会也是这么说的吗？"

"我如实说明了情况，有什么问题吗？"

"没有。"半泽答道。

此刻，生硬的沉默降临在两人之间。

半泽所在的位置刚好可以看到大手町的写字楼群，这片视野里，无数上班族在认认真真地生活，兢兢业业地工作。在旁人看来或许是微不足道的事，但像现在这样与组织中的不合情理之处对抗，对上班族而言，也是重要的工作。

纵使有现代社会这块遮羞布，这个世界的本质依然是弱肉强食，离和谐共生还相去甚远。

平时总是循规蹈矩的上班族，也会遇到如果不全力战斗，就会死无葬身之地的时候。

对半泽而言，正是"此时此刻"。

被负责引导的调查员带回来的江岛，似乎受了好一番斥责，他脸色铁青，憔悴不堪，肩膀无力地垮下。

这结果显而易见，审查委员会的胜利者只有浅野一人，江岛与半泽一样，都是失败者。

无力地瘫在椅子上的江岛，从口袋里拿出丝毫没派上用场的假定问答集，深深叹了口气。

"半泽课长，请。"

半泽被叫到名字，走进审查委员会的房间。房间里只摆了一张椅子。两条长桌紧紧地挨在一起，每条长桌后坐着两名审查委员。坐在中间靠右位置的是业务统括部部长宝田。

他对半泽的恨意难以掩饰，曾经在众人面前被半泽驳倒的耻辱让他至今耿耿于怀。他用力皱起鼻子，几乎快把牙齿露出来了。

"好久不见啊，半泽。"宝田开口了，"最近在企划部没看见你，我还纳闷呢。没想到是去了大阪吊车尾的支行做融资课长啊。你好像一直觉得自己是对的，现在总该明白，这是多么自以为是的妄想了吧。"

"我得纠正您一点，大阪西支行绝不是吊车尾支行，它是大阪四大支行里历史最悠久的支行之一。"

"然而，那家支行却因你的失职失去了宝贵的客户资源。你得承认这一点吧。"

说话的是坐在中间靠左位置、与宝田并肩而坐的秃头男人，他正是大阪营本的和泉。这两人似乎是主审查官。

"失职是指什么，我完全不明白。您能解释一下吗？"

听到半泽的反问，和泉怒气冲冲地瞪了过来。

"这里是你提问的地方吗？"插话的是人事部的小木曾。

半泽知道这人，听说是个趋炎附势的小角色。

"我只是不明白问题的意思，所以才问的。"半泽对小木曾说。

"那么，我来给你解释。"宝田接过了话头，"根据目前了解到的情况，你作为浅野支行长的代理人，出席了那个叫'祭典委员会'的聚会，没错吧。"

半泽刚一点头，融资部部长代理野本就在手边的稿纸上写了些什么，他似乎负责会议的记录工作。宝田的发言还在继续："客户单方面要求支行长出席聚会，因为没有满足他们的要求，所以就集体到支行宣告中断业务往来。根据报告，四次会议全部由你代替支行长出席，这期间，你明知客户不满，却没有向支行长尽到告知义务。这不是失职还能是什么？"

"关于客户的不满，我每次都汇报了。"

"浅野君说没听过。"和泉插嘴道，"你认真报告了吗？支行长可是很忙的，更何况浅野君就任时间不长。你该不会是在他最忙的时候随便提了一两句吧。"

半泽从手里的透明文件夹里取出文件，放到宝田面前。

"请看。"

宝田拿起文件，愤怒地朝旁边的和泉使了眼色。

"这是我提交的报告。总共四份，每一份都在会后第二天提交给了江岛副支行长、浅野支行长。我挑重点读吧。"

半泽说完读起了手边的复印件。

"因昨日'祭典委员会'上，各参会委员不满于浅野支行长缺席一事，特此报告。参会委员强烈要求浅野支行长出席今后会议。因客户对我行应对措施已产生怀疑，特请求支行长务必出席下次会议，并通过分别单独拜访等措施，谋求与客户之沟通交流。"

半泽从复印件上抬起头，重新看着四名委员，说："这份报告上有浅野支行长的阅览印。请问我哪里失职了？"

宝田怒目圆睁，却说不出反驳的话。

"浅野君可没说过有这种报告。"

和泉虽然用了近乎责难的语气，但这等同于指出浅野的过失。

"对这份报告上的重要警告视而不见的是浅野支行长。而他居然连这份报告的存在都不记得，我真的无话可说。"

浅野压根儿看不起祭典委员会，自然不会把半泽写的报告放在眼里。

"你以为写了报告就万事大吉吗？"和泉开始强词夺理，"如果浅野支行长忘记了这份报告，你就应该重新汇报，认认真真跟进到最后，这才是你和副支行长该做的事。"

"我不是写了四份报告警告他吗？"半泽说道，"您的意思是，四份报告还不够吗？"

"结果才最重要。"宝田狡辩道。

"如果结果才最重要，那审查委员会的意义何在？"半泽反驳道，"把支行长和支行长以下的人全部处分不就好了吗？"

"浅野支行长就任的时间并不长。"小木曾异常冷淡地说道。

他曾是浅野在人事部的手下，应该想拼命保住浅野，无奈事前调查做得太粗糙。

"我是不知道那是哪家神社的祭典，但因不能出席祭典委员会而被客户指责，对东京调来的人而言肯定就像晴天霹雳。你为什么不提醒他？"

"我也只比浅野支行长早到任一个月，还有——"半泽继续道，"你刚才说，不知道是哪家神社的祭典对吧。老实说，就凭这种程度的认知，你能做出正确的判断吗？"

"你说什么？"小木曾怒不可遏地说，"大阪神社的名字，我怎么会知道？"

"那座神社，可是建在大阪西支行楼顶上的神社。"

半泽话一出口，小木曾立刻呆住了。

"楼顶？"

"不知从何时起，大阪西支行开始以神社祭典的名义向客户寻求存款、融资方面的业务支援，以达到提升业绩的目的。这已成为一种惯例。也就是说，虽然该会议的名称叫'祭典委员会'，本质却是促进支行与客户交流的营业活动。说到底，这是承蒙客户厚爱举办的活动。历代支行长都会出席。参加这个聚会不仅有助于与重要客户建立信赖关系，还能交流地区经济、经营相关的信息。我与前任课长交接时了解到这些情况，浅野支行长应该也一样，并不需要我一一提醒。"

"那又怎样？"宝田开口，"你是想说，全怪浅野支行长没有参加祭典委员会？你想出卖自己的上司吗？"

"那么，浅野支行长又是怎么说的呢？"半泽反问，"听说，他把全部责任推到身为融资课长的我身上。但就像我刚才所说，事实根本不是那样。"

"浅野支行长说他刚好有重要的饭局、碰头会，根本没空出席。"宝田继续道，"审查委员会一致认为，追究浅野支行长的责任是不恰当的。"

"荒唐。"半泽冷冷地说，"审查委员会是过家家吗？浅野支行长说什么你们就信什么，完全不去查证。你们几位坐在这儿究竟是干什么的？"

"搞清楚你的立场！半泽！"宝田眼中的愤怒像快要煮沸的开水，他挑衅道，"你敢看不起审问委员会？"

"想让人看得起，就请你们做点像样的调查，宝田部长。"

"你怎么敢这么对部长说话，快道歉！"小木曾大吼，为讨好上级不分青红皂白乱吼一通是他的绝技。

"如果我说的是错的，那我一定道歉。你倒是说说看，我哪里说错了。"

"什么？"小木曾只能咬牙切齿地低吼，说到底他也只有这点本事。

"你们问过浅野支行长祭典委员会当天干什么去了吗？"半泽

问道。

"详细内容没必要问。"和泉强辩道,"浅野君说有要事在身,那就足够了。"

"是吗?"半泽表示怀疑,"我刚才已经解释过了,祭典委员会的重要性无须多言。浅野支行长所说的要事是否重要到足以让他缺席会议,不正是你们该问的吗?然而,如此关键的问题,你们居然连问都不问。"

"你能和浅野君相提并论吗?"和泉不小心露出了马脚,"浅野君的工作态度一直有目共睹。我们了解他的人品,知道他绝不是那种撒谎的人。审查委员会也准备把这个看法附加在调查结果里。你再看看你自己,还在企划部的时候就惹人非议,接二连三得罪人,你的意见根本不值得信任,有人肯问你已经是烧高香了。"

"那你就这么写吧,反正丢脸的是你自己。"

"够了!"此时,宝田发话了,"你以为在这个银行里还有多少人愿意听你的意见。你现在已经不是企划部里手握预算的调查员了,不过是区区一介融资课长。"

"你想说的只有这些吗?"

半泽从手边的文件夹里拿出一份新文件,站了起来。

他用尽全力把文件拍在对他怒目而视的宝田面前,把旁边的小木曾吓得跳了起来。

"你看看这个,好好想想自己是多么草率的人。"

"开什么玩笑,半泽!"

和泉的眼睛瞪了过来,眼中仿佛有怒火在燃烧。

然而此时——

"等一下！"宝田大喝一声。

此刻，他眼中流露的情绪与其说是愤怒，不如说是困惑。他的嘴唇动了动，却说不出话来。代替他开口的，是半泽。

"你手上的是宝冢一家高尔夫球场的经营资料。"

审问现场突然陷入沉默。

"每周开设的高尔夫球培训班名单里，有一个我们熟悉的名字。"

"……浅野匡？"

瞄了一眼文件的融资部部长代理野本难以置信地抬起头。小木曾惊呆了眼，用手捂着嘴唇动弹不得。

"高尔夫球培训班每周上课的时间与祭典委员会的时间一致，这就是浅野支行长所说的'要事'。"

和泉的秃脑门涨得发红，他皱起眉头，紧咬嘴唇。半泽继续说道："审查委员会究竟调查了些什么？这里是你们向'好朋友'卖人情的地方吗？"

"你、你到底是从哪里——"小木曾慌张地问道。

"这家高尔夫球场的实际控制人是立卖堀制铁。"

"立卖堀制铁……？"小木曾歪着头，一脸困惑。

"那是东京中央稻荷的氏子总代表，负责祭典委员会协调事宜的也是该公司的会长。"

听到答案的瞬间，审查委员会的四人大惊失色。

"也就是说，他们早就知道浅野支行长去了哪里。然而，浅野支行长却妄图用随口说出的谎言逃避责任。老会长们早就对浅野肆无忌惮推进企业并购方案的态度心怀不满，这件事，恰好成了他们爆发的导火线。"

面对半泽的指责，审查委员会已没有反驳的余地。

强忍住辩驳冲动的宝田把嘴唇咬成了一条线。

他闭上眼睛，过了许久。

"我只说一句话。"宝田缓缓睁开眼睛，开口道，"你别得意太久，半泽。总有一天，我会把你赶出银行。"

"随时奉陪，下次请你用点高明的手段。"半泽平静地回道，"融资课长可是很忙的。"

8

"半泽，你到底用了什么魔法？审查委员会好像什么都没追究。"

"那不是理所当然的嘛。"半泽漫不经心地说道，"我本来就没问题，被追究才奇怪吧。"

当天下午，半泽就被告知了结果。渡真利几乎在同一时间得到消息，不愧是行内的消息通。

渡真利每次来大阪出差都会光顾西梅田的"福笑"，两人约在那儿见面是在数日前。今年的梅雨季来得比往年晚，那是六月中旬刚刚进入梅雨季的一天，从早到晚阴雨不断，令人生厌。

"浅野支行长好像收到了中野渡董事亲自发出的申斥状，真是活该。"渡真利脸上露出幸灾乐祸的笑容。

中野渡谦是负责国内业务的董事，被视作下届行长的有力人选。浅野本以为能把责任推给半泽和江岛，没想到最后被申斥的却是自己，他一定感到羞愤难当。

话虽如此，仅仅受到这种程度的处分也可以说是侥幸。这靠的是半泽及融资课员工们持之以恒的上门赔罪。最近大部分客户终于接受道歉，令支行看到了业务恢复的曙光。因还贷损失的融资额也将以新贷款的形式陆续弥补。

"但你可真厉害，居然能在审查委员会中全身而退。我问野本部长代理，他都坚决不肯透露审问内容。到底发生了什么？"

"我只是让那帮家伙知道了自己有多愚蠢。"

"听说你大闹了一场，是真的吗？"渡真利目瞪口呆地说，"在我们银行，能表演这种危险技艺的只有你了。后来怎么样了？浅野支行长安分一点了吗？"

浅野接到处分的消息后，因为太受打击，把自己关在支行长办公室好一段时间。

"江山易改本性难移。"半泽把只剩二分之一量的啤酒杯举到嘴边，说道，"他非但没反省，还以为让他丢脸的是我。他说，去上高尔夫球培训课也是工作需要，之所以说成去跟客户开碰头会，完全是个人品位问题。"

"个人品位啊。"渡真利意味深长地重复道。

紧接着，他突然压低声音说："半泽，高尔夫球训练班的事好像被审查委员会隐瞒了。"

"我早猜到了。"

半泽一点也不惊讶。

"那就是个自己人查自己人的委员会，瞒着你和江岛，只上报对自己有利的内容。"

"能出申斥状就不错了，不愧是中野渡董事。"

"那个人，总是很公正。"

连渡真利都开口称赞，在东京中央银行内部，确实没人说中野渡的不是。

"他从前跟你一样，也是个除恶务尽的人，如今不同了。"渡真利说，"现在他也有了'点到为止'的宽容胸襟。"

"心胸狭窄是我的错。"半泽调侃道。

"审查委员会似乎想把事情定性为'客户冲动之下的出走'，准备不做追究，但被中野渡拦下来了。"

渡真利一如既往对总行的内部信息了如指掌。

"中野渡董事相当愤怒，说浅野一次都没出席支行重要客户的聚会，简直岂有此理。浅野只收到一张申斥状，也是宝田部长背后斡旋的结果。"

"浅野固然混账，宝田也还是老样子。"半泽骂道。

"宝田周围全是溜须拍马的小人，所有人都讨好他，这才是问题所在。"渡真利说，"从前在会议上被你驳倒的事也成了历史，现在就连业务统括部以外的人也没有敢当面跟他唱反调的，简直世风日下。"

"你替我去做不就好了嘛，渡真利。"

"开什么玩笑。话说回来，你的仙波工艺社，后来怎么样了？"渡真利转移了话题。

"他们一方面在推进经营改革，另一方面也在考虑并购提案。

总之情况不容乐观。"

在半泽等人为客户出走一事四处奔波时，友之正和小春、公司管理层凑在一起思考经营改革方案。

"杰凯尔那边没说什么吗？"

渡真利似乎话里有话，半泽挑了挑眉。

"什么意思？"

"你别告诉别人，实际上，我听到了奇怪的传闻。"渡真利继续道，"杰凯尔似乎在寻找田沼美术馆的买家。"

"等一下。"半泽不由得伸出右手打断渡真利，"那家美术馆不是还没建成吗？你从哪里听来的消息？"

"营业三部的持川——你认识吧。好像有人偷偷找那家伙商量，让他问问手里的客户有没有兴趣。"

"谁找他商量？"半泽问。

"太详细的我也没法问。"虽然这样说，但渡真利还是给出了自己的推测，"恐怕是大阪营本的和泉吧。"

"出售的理由是什么？"

"不清楚。"

渡真利摇了摇头。

"杰凯尔的业绩怎么样？"

"杰凯尔最初靠虚拟购物商场大赚了一笔，但老实说，之后的经营战略总有种手头拮据的感觉。不过再怎么样，也不会缺钱缺到把还没建好的美术馆卖掉的程度吧。总感觉很可疑。"

"这背后，应该有相应的理由。"

"当心点，半泽。"渡真利认真地说，"表面上看是正常的并购，搞不好底下埋着地雷呢。"

　　"有意思。"半泽带着些许看戏的心态说道，"我查清楚之后，会联系你的。"

第五章　哈勒昆的秘密

1

与渡真利在"福笑"居酒屋见面后的第二天,半泽拜访了仙波工艺社。

"并购条件我已经清楚了。但不管对方说得再好听,加入美术馆资本旗下后,别人一定会戴有色眼镜看我们。所以,我制订了优先顺序。"友之说道,"首先要做的,当然是靠自己的力量推进经营改革。整理好改革方案,请求堂岛舅母提供担保,是最优选择。只要有担保,银行就会给我们融资,对吧,半泽先生?"

"当然,那是唯一条件。"

"拜托了。虽然有点对不起银行,但杰凯尔的并购提案只能作为以防万一的备用选项。这样可以吗?"

"我也赞成。"半泽点了点头,"那么,改革方案考虑得怎么样了?"

"进展不顺。"小春看起来闷闷不乐,"出版部和企划部这两大支柱维持原状,砍掉出版部的亏损杂志后,我们想尽可能把剩余员工安排进其他项目,但公司真能拉到足够的业务吗?"

即便如此半泽也能看出,小春给他展示的方案初稿已是深思熟虑后的结果。

"企划部还有其他业务,暂时不用担心,最伤脑筋的是出版部。"友之胡须邋遢的脸上露出苦恼的神情,"问题不是去掉赤字就能变成黑字这么简单。我们需要新东西——"

友之说完陷入了沉思。当然,这个问题并不是现在才知道的,友之此前应该也慎重考虑过。纸上谈兵的方案要多少有多少,但理性克制且能真正落地的方案却很难找到。

"一定有办法解决的。"友之像给大家打气一般说道。

"话说回来,寻宝怎么样了?"他问半泽。

那是堂岛政子拜托半泽寻找的芳治的未解之谜。

"很遗憾,目前还没有进展。"

半泽负责寻宝,仙波工艺社负责经营改革方案——不知从何时开始,双方默认了这种分工。

"两边都卡在半路上了啊。"

"让您失望了,对不起。"半泽道歉。

紧接着他又说起了别的话题:"这件事是我无意中知道的,关于杰凯尔的田沼美术馆,您没听到什么传闻吗?"

"传闻?"

友之与小春面面相觑。

"发生什么事了吗？"

"请您不要外传，听说杰凯尔正在私下出售田沼美术馆。"

渡真利已同意半泽将此事透露给友之和小春，他认为这么做有助于得到更详细的情报。

"还没建好就要出售吗？"友之惊讶地问。

"总觉得不对劲。"小春也歪头沉思。

"不管了，我们能做的唯有竭尽全力。"

说完这句话后，友之的表情变得严肃起来。

2

"半泽课长，我有事想找你商量。"

半泽从仙波工艺社回来后，业务课的课长代理岸和田向半泽打了个招呼。

今年三十五岁的岸和田负责所谓的新客户开发工作。此人浑身散发着体育生的气质，相信靠体力可以解决一切问题。不知他是怎么做到的，每天完成的业务访问量竟然高达三十件。他的工作态度颇受副支行长江岛赞赏，是业务课最出风头的明星员工。连脑浆都好像是用肌肉做成的岸和田总给人一种体力劳动者的印象。这一点或许与江岛有一脉相通的地方。

岸和田拿出的文件夹上用笔写着"新岛兴行株式会社"几个字。那是半泽没见过的名字，也许是岸和田正在争取的新客户。

听说那是一家房地产公司后，半泽本以为对方融资的目的是购买土地或者建筑物，但岸和田说的话却有点蹊跷。

"新岛社长认识的律师给他介绍了一个有趣的赚钱项目，所以他想以新岛兴行的名义，买下富山县和岐阜县境内的一处山林。"

"山林？"

岸和田的话实在让人摸不着头脑。

"那位律师似乎认识一位在富山县经营林场的熟人。最近，那位熟人在这个地方——"

岸和田在半泽的办公桌上铺开地图，指向某一处。

"那人在这附近的山中发现了一片树龄千年的杉树林，那是个人迹罕至的地方。那位熟人说一棵杉树市价在一亿日元左右，整片杉树林的总价应该不低于二十亿日元。"

半泽没有说话，只是用眼神示意岸和田继续说下去。

"调查后发现，那片山林属于一位在富山县经营医院的医生。熟人委婉地问过那名医生后，对方说因医院经营出现困难，卖掉山林也可以。虽然那地方面积不小，但总价只要三亿日元——"

"等一下。"半泽伸手打断岸和田，"你刚才不是说，光杉树林就值二十亿日元吗？所以那个地方为什么能用三亿日元买下来，这不是很奇怪吗？"

"实际上，那名医生并不知道杉树林的存在。"

事情突然变得古怪起来，半泽不由得提高了警惕。

"也就是说，你们想瞒着对方，用三亿日元捡漏？"

半泽被惊得目瞪口呆。

"知道那片杉树林的只有经营林场的熟人、律师和新岛社长。"

岸和田的表情极其认真，"即使最后被拆穿，我们也可以推说不了解情况。事情就是这样，新岛社长想向我行融资三亿日元，用以购买山林。您觉得怎么样？"

"我不看好。"半泽直截了当地说，"我不想把钱借给这种有诈骗嫌疑的项目。"

"只要做成这笔业务，我们就能拿下新岛兴行这家新客户。这笔融资今后一定还会带来其他对我行业绩有帮助的业务。"

半泽粗略看了一遍岸和田拿来的客户信息概要。

"你的意思是，舍不得孩子套不着狼？"

"借出三亿日元，就有二十亿日元进账，课长。"岸和田极力劝说道，"借出这笔钱能有效提升我行业绩，请您务必积极考虑。"

"不行。"半泽"啪"的一下把资料扔在岸和田面前，"这种事大多是诈骗。骗子专门欺骗那些缺乏头脑的经营者，劝他们用低价买入山林再高价卖出。实际上，最后没有把身家抵押出去就算好的了。"

"你怎么就敢断定？"岸和田或许觉得自己被戏弄了，满脸怒气，"课长只不过听我讲了事情的经过。请您亲自见一见新岛社长，想法一定会改变的。"

"那我要问了。你刚才说，那片杉树林长在人迹罕至的地方对吧，你要怎么把它们运出来？"

"那、那个，可以以后——"岸和田一时语塞。

"那可是市价一亿日元的巨杉，肯定无法靠人力搬运。你是要用直升机运呢？还是专门修一条运输用的林道？根据地图，最近的村庄到那儿也有十公里以上的距离。这得花多少钱？"

"这个问题，以后再……"岸和田无法再反驳回去。

"你清醒一点，冷静地思考一下。"半泽说，"巨杉什么的，可能打从一开始就不存在。他们的目的或许就是从新岛社长手里骗取三亿日元。天上不可能掉馅饼，占便宜的事背后多数有陷阱。"

就在半泽拒绝岸和田时，背后突然传来一个声音，"岸和田君，出什么事了吗？"

"啊，江岛副支行长。"

援军的到来将岸和田脸上的阴霾一扫而光。他抱起铺在半泽桌上的资料，拿到江岛的座位上，把刚才的话重复了一遍。

"这不是挺有趣的吗？"

江岛好像有点怀疑自己的耳朵。

"怎么样？半泽课长。"

半泽无可奈何地朝副支行长席走去。

"我认为，我们不该插手这种有诈骗嫌疑的案件。"

"既然如此，这个案子由业务课跟进怎么样？"江岛的提议完全弄错了方向。

"融资课不做的话，就让业务课提交融资申请——这样可以吧，半泽。"

"我是没意见，但您是认真的吗？副支行长。"半泽一脸严肃地问道。

"你什么意思？"江岛气得眼珠瞪了出来。

"你这人就喜欢跟别人唱反调，企业并购案是这样，这种投资案

179

也是这样。要是都像你这么想，我们支行的营业目标还怎么达成？"

"总比掺和这种案子后留下一堆坏账强吧。"

"给我跟进！"江岛单方面给岸和田下了命令。

紧接着，他又用可怕的眼神瞪着半泽，"既然说到这个份儿上，以后这个案子就跟融资课一点关系都没有。跟你们扯上关系总没好事。"

半泽甚至懒得反驳。

"是吗？"他说完便退回自己的座位，谈话到此结束。

3

　　"刚才出门时，发现业务课那边闹哄哄的。您知道怎么回事吗？课长。"

　　这是南田常去的小酒馆，位于小商铺林立的东梅田商店街的一处小巷，价格便宜，菜也做得好吃。

　　"四五天前，岸和田君拿回来一单三亿日元的融资案件，刚才，那名做中间人的律师好像因涉嫌诈骗被逮捕了。"

　　半泽向南田解释了前因后果。

　　"这种事肯定有古怪啊。"南田惊掉了下巴，"江岛也是被利益冲昏了头脑，终于引火烧身了吧。"

　　"因为我不同意，所以融资申请是业务课准备的。"

　　"还好与我们无关。"

南田好像松了口气。他又聊起别的事："话说回来课长，关于堂岛政子女士，我无意间听到一些传闻。"

　　"听户梶钢铁的会长说，堂岛女士名下的房产似乎不少。"

　　这个消息让半泽倍感吃惊。

　　"听说她在用私人名义投资房地产，经营得还不错。户梶会长也说如果堂岛商店由政子女士主事，可能不会变成那样。她好像颇有经营者的天赋。"

　　"原来如此。"半泽点头道，"她的确不是一般人。"

　　堂岛政子这个人总有种捉摸不透的感觉，如今，她的真面目逐渐清晰了起来。

　　有趣的是，这样的政子曾为了以小提琴立身前往巴黎留学。夫妻二人共同承受事业上的失败后，晚年的政子却展现出惊人的经营才华。不得不说是天意弄人。

　　"希望担保的事进展顺利。不然的话，就必须朝接受并购的方向调整。"半泽突然抬起头。

　　"发生什么事了吗？"

　　"没有，我只是觉得，这件事和岸和田说的山林买卖有点相似。"

　　"怎么说？"南田问道。

　　"山林的主人并不清楚别人为什么要买这座山，这点和仙波工艺社一样。那么多出版社，田沼社长为什么偏偏挑中了仙波工艺社——"

　　"对啊，仙波工艺社里又没有巨杉。"

南田的这句话"嗖"的一声落到了半泽心底。他觉得这句话里暗含某种深意，但却找不到解谜的钥匙。

"再看一遍那些资料吧。"

半泽说完举起空空如也的烧酒杯，拜托服务员添酒。

4

　　"我说，你为什么要在家里看这种东西？"妻子小花不高兴地指着半泽手里的杂志，说道，"不对，应该先问，你为什么要把这种东西拿回家？家里的东西已经够多了。"

　　小花气鼓鼓地瞪着堆在客厅角落的硬纸箱。

　　"没办法呀。在银行又没有安心读杂志的时间。"

　　"但这不是工作吗？既然是工作，不应该在银行读吗？为什么要拿回家？这么做有加班费吗？"

　　"应该没有吧。"

　　"那不是很奇怪吗？"小花坚持道，"既然是工作，就应该给加班费呀。"

　　"银行就是这样啦。"

　　半泽不是不理解小花，但这样的"寻宝"工作不可能被认定为正常业务。

不管发生什么，浅野大概都不会认可。

"你呀，就是人太好。"小花继续抱怨，"之前也是，说什么把义务加班费交给员工持股会①，结果股价一路下跌，员工持股会都亏惨了。"

小花戳到了半泽的痛处。

"那个，过段时间应该能涨回来。"

"过段时间是什么时候？"

"谁知道呢，十年后？二十年后？总之——"半泽叹了一口气，"你能不能安静一会儿，你一跟我说话我就没法集中精神。"

"看个杂志而已，要那么专心干吗？"

堂岛芳治在病床上看的这堆杂志里是否真的藏有"宝藏"的线索，老实说，半泽并不清楚。

总感觉，自己在为一堆并不存在的"宝藏"东奔西跑。

半泽本该紧盯杂志上的铅字，却不知不觉走了神。等回过神来，他发现自己刚才想的，一直是岸和田说的山林交易。

世事都有表里两面，真相往往隐藏在背面。

人们自以为看清全貌，实际看到的只是表面。转到背面，才发现那里存在意想不到的真相。表面的矛盾与不合情理之处，多数也能在背面找到合理解释。

那么，这个背面到底有什么？

① 由持有内部职工股的职工组成，从事内部职工股发行、登记及管理的组织。

不，应该先问，这件事究竟有没有所谓的背面？

带着满心疑问翻看杂志的半泽终于找到类似线索的东西，那已经是午夜时分了。

发现的契机，并不是特辑或热点报道，而是一道折痕，出现在写满八卦消息页面的右上角。

他之前并没有注意。

制造这条折痕的应该是芳治。

堂岛芳治感兴趣的，是这一页的什么内容呢？

没花多少时间，半泽就找到了答案。

"啊，是这篇报道吗？"寂静无声的客厅里，半泽小声自言自语道。

报道上方写着这样的标题——

咖啡馆涂鸦，卖出二十亿日元天价

地点是纽约。现代美术巨匠乔治·西费特常去的咖啡馆里，发现了他本人留下的涂鸦。这幅涂鸦最后被送到了拍卖行。

对曾经梦想成为画家的芳治而言，这篇报道一定有特殊的含义。然而——

此时，半泽的脑中突然灵光一闪。

他走到墙角的硬纸箱边，从中拿出相册。

那是芳治躺在病床上翻阅的相册。

照片非常陈旧，多数已经褪色。

半泽终于发现一张照片，停下翻动相册的手。

"是这个……"

现在，半泽已获得确凿的线索。

"芳治翻相册不是为了怀念过去，而是为了寻宝。"

5

"我居然还能重新回到这里，活得长就是有这点好处。"

仙波工艺社社长办公室内，堂岛政子无比怀恋地眯起双眼，对墙上的《哈勒昆》说道："又见面了呢，我还以为这辈子再也见不到你了。"

政子站在画前，怜爱地看着画，突然用手绢压住眼角。原来她对这幅画的感情竟如此深厚。

"友之，谢谢你保留它。"

"因为没其他画可挂，就一直挂着了。"

"社长，你——"

小春恨死了哥哥的口是心非。

"对不起。"她向政子道歉。

"没关系，我嘴巴也不饶人。小春，我们也好久没见了，看见

188

你一切都好，我就放心了。"

政子在小春的招呼下坐进沙发。

她问友之："我今天来，是听说宝藏之谜已经解开。你们已经知道谜底了吗？"

"还不知道。"友之摇了摇头，"我觉得等全员到齐后再公布比较好，所以拜托半泽先生先别说。究竟是什么样的宝物，我也有一堆问题想问呢。"

"既然如此，你就快点公布吧。半泽先生。"

被性急的政子催促后，半泽把一样东西放在众人面前，那是一本贴了标签的杂志。半泽身旁的中西，正敛声屏气关注事态的发展。

"首先，大家请看这篇报道。报道上说，在纽约一家咖啡馆里，发现了现代美术巨匠乔治·西费特的涂鸦。涂鸦后来被送到拍卖行，卖出了高价。"

"这件事我也知道。"友之说。

小春也点了点头。

"那幅涂鸦是西费特相当早期的作品，是他前后期画风的分水岭。"

对美术外行的半泽只能记住新闻的大致内容，业内人士友之和小春却对此印象深刻。

"芳治先生应该在病房内看到了这篇报道。他本身渴望成为画家，一定对此类报道有着超乎寻常的兴趣。这一点不难想象。然而当时，芳治先生脑中浮现的或许是另一种可能性，与这幅《哈勒昆》有关的可能性。"

众人纷纷抬头，打量起墙上的《哈勒昆》。友之露出惊讶的表情，似乎终于意识到半泽想说什么。

"接下来的话全是我的想象。芳治先生因为这篇报道想起了遗忘许久的过去，他为了确认某事，拜托政子女士拿来相册。"

半泽当场翻开摆在茶几上的相册。

"然后，他发现了宝藏。就在这张照片里。"

众人不约而同朝相册上的照片看去。

"啊。"友之惊讶地叫道。小春的眼睛瞪得浑圆，满脸惊愕。政子呆呆地看向半泽。

照片里是两个年轻人。

一个是年轻的仁科让，另一个似乎是他的同事。

"这是年轻的仁科让与同事的搭肩照。如果仅仅是这样，这张照片只具备记录价值，证明仁科让曾在这栋建筑内工作。我想，各位大概已经注意到了——在这里。"

半泽用圆珠笔笔尖点了点照片的一角。

在照片的右下角，两个年轻人腰部附近。

"哈勒昆与皮埃罗……"

小春喃喃自语。她看看照片，又看看社长办公室内的画，露出难以置信的表情。

"那是画在墙上的涂鸦。"半泽说，"虽然照片上比较小，但还是能清楚地看出画了什么。"

"原来如此，你是说这栋建筑里有仁科让的涂鸦？"政子说。

她深吸一口气问："那该值多少钱？"

"这幅画，应该值二十亿日元。"友之的声音因兴奋而沙哑，"出自大名鼎鼎的仁科让，画的还是最受欢迎的'哈勒昆与皮埃罗'，根据年代来看，这幅涂鸦甚至可以说是仁科'哈勒昆与皮埃罗'主题的原型。"

"二十亿日元啊。"政子重复了一遍金额。

"话虽如此，还真没什么真实感啊。"她说出了自己的感受。

紧接着——

"他真的找到了。"政子动情地说，"芳治，真的找到了宝藏。"

"问题是，那幅涂鸦有没有保留到现在？"半泽说出了在场所有人的疑问，"我想芳治先生也有同样的担忧，那幅涂鸦有没有被销毁？所以，他才想通知友之社长。"

"但是，却被我一口回绝……"

友之咬住嘴唇，用悔恨的目光盯着墙上的《哈勒昆》。"是我做了蠢事。"

"凡事都讲机缘，一点点小事也能让纽扣错位。"

说这话的是政子。

"最开始，当我听说仁科让曾在堂岛商店工作时，或许就该察觉到这种可能性。"半泽继续道，"我记得设计室是堂岛芳治设立的，仁科让被安排在那里工作。您还记得那间设计室在哪儿吗？"

"应该在地下。"政子答道。

她回忆了一下又对友之说："我记得有个半地下室，那个房间现在怎么样了？"

"好像是仓库。"

小春赶忙站了起来，说道："我去拿钥匙。"

众人连忙坐上电梯，直奔大厦一楼。

玄关大厅右手边有一条低矮的楼梯。走下三个台阶后是楼梯平台，往左下两个台阶便到了半地下室。台阶的尽头是一扇破旧的门，镶着磨砂玻璃。门上吊着色泽暗淡的铜制门环，绿色油漆已脱落大半，露出斑斑点点的黄铜。

小春打开门锁，按下入口旁的照明开关。

映入眼帘的是填满整个空间的铁制货架。货架上堆满硬纸箱，有的纸箱摞得极高，甚至挡住了用来采光的小窗户。

友之对比了照片与房间的位置关系。

"是对面那堵墙。"他指着一面墙壁说道，"把东西搬下来吧。"

半泽和小春也上前帮忙，把货架上的纸箱一个接一个搬到地板上。最后，他们小心翼翼地把空荡荡的货架从墙壁挪开。小春与政子俯身看去。

"找到了！"小春兴奋地叫道。

她的指尖前方，正是那幅画。

《哈勒昆与皮埃罗》。镶入画框的话，长宽各三十厘米的画框刚好满足要求。那熟悉的图案，曾将仁科让推上现代美术新星的宝座。

"虽然画得有点粗糙，但已完全展现出后来成为仁科让代名词的绘画特征。"

友之的点评难掩兴奋。

"我去拿毛刷过来，稍等一下。"

去而复返的小春拿来一把细密的毛刷，那大概是绘画修复工具。她还带来几名员工，其中一人开始娴熟地清理画上的污迹尘埃。

有人拿来立式照明灯，摄影师开始拍摄记录用的照片。

闪光灯不停闪烁。在令人窒息的紧张和几欲欢呼雀跃的期待与欢喜中，涂鸦的轮廓逐渐清晰起来。

"目前处理到这个程度应该可以了。"

清理涂鸦的员工终于直起身子。小春、友之和政子立刻上前，端详起涂鸦。

"这的确是仁科让。没想到，我们公司居然藏着这样的宝贝。"

"有了这个，咱们就不需要向银行借钱了，社长。"性急的小春说道。

此时，听到消息的员工纷纷涌进房间。狭小的仓库立刻变得毫无立锥之地。

"你一定也想看到吧，芳治。"人群中，政子不知在何处惋惜地说道，"真想让你看看呀。"

"画的下方好像有类似签名的东西，能看到吗？"

此时，一直在比较照片和实物的半泽有了新发现。

"真的有，能清除一下这里的污迹吗？"

听到友之的吩咐后，那名员工又开始小心翼翼地清理。

不知过了多长时间，半泽眼中逐渐出现了一个手写的罗马字签名。签名在紧邻涂鸦的下方位置，笔调有种稚拙感。

友之蹲下身，想看清楚些。

"能看清吗？"小春问道。

缓缓站起的友之转过身，看着等待他回答的小春、政子和员工们，露出了惊讶的表情。

"舅母，仁科让是真名吗？"

他做的第一件事，竟是向政子提问。

"是啊，怎么了？"政子回答。

"是吗……"友之小声应道。他用手摸着下巴，陷入了沉思。

"到底怎么回事？急死人了。"

小春蹲下身子，朝签名看去。

"是罗马字。很难辨认……H、S、A、E、K、I吗？"

"那该怎么读？"

不知是谁问道。

"如果去掉开头的H，应该读'佐伯'（saeki）吧。"

身后传来了这样的意见。

"那H又是什么？"

在众人议论纷纷时。

"大概，是Haruhiko的H。"政子用沙哑的声音说道。

"那是谁？"半泽问。

"佐伯阳彦（Haruhiko）君，是仁科君在世时，和他同在设计室工作的年轻人。"

"佐伯阳彦……"

友之困惑地重复着这个名字，身后的员工也一样，好像都在记忆中搜索美术界里究竟有没有这号人物。

"舅母，那个佐伯什么的，是什么人啊？"

被友之这么一问，政子自己也开始望着仓库毫无美感的天花板，拼命回忆数十年前的往昔。

"是堂岛商店的员工，就是刚才那张照片里站在仁科君左边的人。"

政子瞟了一眼相册里的照片。仁科让刚从美术大学毕业，还是个默默无闻的年轻人。微笑着与他挨肩搭背的青年，眼神里流露出一种无所凭依的脆弱感，笑容却温柔可亲。

"那位佐伯先生也会画画吗？"半泽问道。

"他好像由于一些缘故从美术大学退学，进了我们公司。绘画能力应该不错。"政子答道，"当然，跟仁科君没法相提并论。这幅涂鸦，难道是佐伯君模仿仁科君画的吗？"

"怎么会这样……"

小春膝盖一软，几乎跪倒在地，脸色也变得苍白起来。就好像已经到手的二十亿日元在刚才那个瞬间凭空消失了一般。

涌进仓库的员工们不再说话，令人窒息的沉默压了过来。

6

　　"二十亿日元吗？"被金额震惊的南田感叹道，"仙波工艺社的大楼里，竟然有那种画？"

　　"但是，还不知道是不是真迹。"半泽一边思考一边说道。

　　记不清从什么时候开始，由于工会的干预，每周的星期三成了银行的无加班日。托无加班日的福，半泽等人才能在太阳还没落山时坐在支行附近的小酒馆喝酒。中西等一众年轻行员也围坐在餐桌旁，与平时为了聚餐提早下班一样。

　　"我觉得是真的。"中西自信满满，虽然不知那自信从何而来，"那绝对是仁科让的画。仁科画完后，当时的同事，就是那个姓佐伯的人，半开玩笑地签了自己的名字。"

　　"但是，没法证明呀。"南田质疑道。

　　"那个……"中西一时语塞。

"事实上，鉴别画作真伪并非易事。即使是家喻户晓的知名画家的作品，也有因来历不明不被承认的。以前也有客户想用绘画做担保，费了好一番功夫呢。"

"这件事，有哪些可能性呢？"有人问道。

南田思索了一番，说道：

"就像刚才中西所说，有可能是佐伯阳彦为了恶作剧，在仁科的画上签了自己的名字。也有可能是佐伯出于好玩模仿了仁科的画作。佐伯也是绘画高手，应该模仿得出来。"

"直接问那位佐伯先生不就好了吗？这不是鉴别真伪最快的办法吗？"垣内说道，"他看了照片后，应该会想起来吧。"

"我也想到了。"思考中的半泽轻轻地叹了口气，"但听堂岛太太说，佐伯先生已经去世了。"

"去世……"垣内惊呆了，"他应该还年轻啊。"

中西解释说相册里发现的照片约莫拍摄于三十年前，当时的佐伯阳彦刚满二十岁，如果活到现在，年纪大概在五十岁。

"听堂岛太太说，佐伯阳彦原本就体弱多病，后来也是因为身体状况变差才回老家。那之后过了三年就接到了他的讣告，堂岛夫妇还特意去祭拜过他。"

"您打算怎么做？课长。"南田问。

"堂岛太太正在帮忙调查佐伯阳彦老家的地址。总之，我想先去一次。如果他留下了日记或者当时的记录，也许就能解开涂鸦之谜。"

可能性不大，但值得一试。

堂岛政子打来电话告知佐伯阳彦的消息，是第二天发生的事。

"居然能把这些东西找出来，连我自己都佩服自己。不过芳治和我都是舍不得扔旧物的性格。"

政子拿出的是旧贺年卡和佐伯家寄来的通知佐伯阳彦死讯的明信片。

"那孩子去世时如果家里来一通电话，我们一定会去参加葬礼。但那时他已辞职三年，家里人也许有所顾虑吧。"

"当时的堂岛商店里，有和佐伯先生关系亲密的人吗？"

"也许有，那孩子有点不擅交际，回老家后就没消息了，只是听说他好像在帮忙打理家业。但我们怎么也想不到，他居然年纪轻轻就……实际上，芳治也很在意，所以收到讣告后，我们就去了他的老家。"

明信片上的地址是兵库县丹波筱山。

"那之后，您还和他家人有联系吗？"

"没有。去了他家我们才知道，他原来是酿酒坊的少爷，吓了我们一跳。我上网查了查，那家酒厂还在呢。"

政子说完，便取出一张打印好的资料放到半泽和中西面前。

那是一家拥有三百年历史的酿酒厂，名叫佐伯酒造。

"非常感谢，我们会在这周末前去拜访。"

"要是查清楚了什么，记得告诉我。"

半泽郑重道谢后离开了政子家。他前往丹波筱山，是在那个周末。

7

“亏我还期待了那么久。好不容易出来玩，居然要去什么丹波筱山？”

小花与儿子隆博并排坐在特快列车座席上。她明明是自己要跟来的，却显得相当不满。

那是六月最后一个周末。

“说到底，又是工作。”

她看着坐在半泽旁边的中西，不高兴地噘起嘴巴。

“对不起。”

中西苦笑着挠了挠头，从一开始就决定要夹起尾巴做人的他问道：“隆博君，要吃巧克力吗？”

“要吃！谢谢。”

小学二年级的隆博没有丝毫不满，坐特快列车出门游玩本身就够让人开心了。

"妈妈，丹波筱山是什么地方啊？"

"山沟沟里的地方。"小花直白地答道。

"没那回事。"半泽对隆博解释道，"丹波筱山呢，盛产栗子。你不是最喜欢栗子吗？还有黑毛豆，也很好吃呀。"

"那不是山沟沟是什么。"小花说。

"而且，今天我们要去酿酒厂，据说有三百年的历史呢。"

"我更想喝红酒。"小花又说道。

"那个，今天天气真不错。"中西打岔道。

"感激不尽，中西。"半泽说。

半泽一路都在后悔不该让小花跟来，但搭载四人的特快列车却完全不懂他的烦恼。它在山间飞速行驶着，大约一个小时后驶入了筱山口车站。

从筱山口车站到目的地佐伯酒造，还要坐十分钟左右的出租车。

在离市中心稍远的郊区，一排古旧的房屋坐落在仿照京都式样建造的街道上，昔日的繁华依稀可见。酿酒厂被一圈醒目的白墙围住，玄关高大气派。

出租车司机说，佐伯酒造是附近商圈的领头羊，负责将各个公司的经营者团结起来。

"我是东京中央银行的半泽，昨天打过电话。"

半泽向酒坊的店员表明身份后，从里面出来一位五十岁上下穿衬衫与便裤的男子。他是过世的佐伯阳彦的哥哥——佐伯恒彦。

"劳烦各位远道而来，请进请进。"

佐伯恒彦带众人走进会客室。房间的四周镶着旧式的玻璃窗，厚重的沙发上罩着白色蕾丝沙发巾，看上去年代久远。

"实际上，昨天很久没联系的堂岛太太也给我打了电话，说是要谈阳彦的事。"

"这张照片，您请过目。"

半泽拿出的是那张仁科让与佐伯阳彦在堂岛商店的搭肩照。"与阳彦先生一起拍照的，是一位叫仁科让的知名画家，您知道他吗？"

"当然知道，以前我也听弟弟提过他。"

"虽然有点难辨认，这张照片的角落——这个地方有幅画，您看到了吗？"

恒彦把眼镜推到头顶，从衬衣的胸前口袋掏出老花镜。

"啊，确实有。"

"这是那幅画的特写。"

半泽又拿出仙波工艺社的摄影师拍摄的特写照片。总共有三张。这是友之为了方便半泽讲解，特意交给他的。

"有人在墙上画了哈勒昆和皮埃罗的涂鸦。"

"好像是这样。"恒彦表示赞同。

他盯住半泽，等着接下来的话。

"这幅涂鸦独特的笔触，可以说很有仁科让的特点——"

半泽把一张特写照片推到恒彦面前。

"虽然很难辨认，但您应该能看到吧——H·SAEKI 的签名。"

201

"确实。"恒彦盯着照片说道。

他摘下老花镜，重新戴上原来的眼镜，继续说道，"我想，这是阳彦的签名。"

"阳彦先生生前提到过这幅涂鸦吗？"

"他倒是常常提起仁科先生，这幅涂鸦的话……"

恒彦歪头沉思着。

"关于仁科先生，他说了些什么呢？如果方便的话，能告诉我们吗？"

恒彦直直地盯着会客室的一点，打开了话匣子。

"那是很久以前的事了。

"阳彦从丹波筱山的高中毕业后，考进了大阪某个美术大学。因为他从小的梦想就是做一名画家。但他跟美大的老师相处不来，被迫留级。阳彦一气之下从学校退学。当时我们还健在的父母劝他回家，但阳彦认为回到这里就做不成画家，于是自己找了份工作，就是堂岛商店的工作。"

政子曾用"绘画能力不错"评价阳彦。这也是理所当然的，他原本就是立志成为画家的美大学生。

"那时，和他在同一部门工作的前辈就是仁科让。仁科先生和弟弟一样都想成为画家，当时却穷困潦倒，连一个专注作画的环境都没有。弟弟似乎和仁科先生很合得来，偶尔回家，也会不停地聊他的事。弟弟就是如此崇拜仁科先生，把他视为绘画道路上的前辈。"

中西一脸严肃地听着恒彦的话。

如果是那样，佐伯在墙上模仿自己崇拜的仁科让的画，也就不奇怪了。

　　"我弟弟身体不好，经常发烧病倒在床上。听说仁科先生时常帮他买药、做饭，照顾他的生活起居，真的帮了不少忙。"

　　"听说后来，阳彦先生从堂岛商店辞职了。"

　　"仁科先生去巴黎后，弟弟一个人留在堂岛商店，觉得自己好像变成了行尸走肉。他的身体也一天比一天差，最后，他终于失去了独自工作的体力和追求梦想的心力，回到了这里。回家后他也一直卧床不起，偶尔起身，就去'别屋'改造的画室作画。某天，他走进画室后再也没出来，母亲去看时，发现他已经倒在椅子下边了。他确实是拿着画笔死去的。"

　　"他应该很不甘心吧。"

　　"那也没办法，人的寿命皆由天注定，虽然遗憾，但人生就是如此。"

　　"我们可以看看阳彦先生的画吗？"中西问道。

　　"当然可以，有几幅就挂在外面，我们还会在不同的季节挂不同的画。"恒彦说着便站起身，走到会客室外，指着对面墙上的画说，"那幅就是。"

　　半泽本以为那是幅风景画，定睛一看才发现是一幅地道的现代美术作品。画上画着一个少年，背景很简单，笔触具有动漫感，看上去甚至像漫画的某个场景。独一无二的个性化人物并不像出自体弱多病的阳彦之手，但恰恰是这一点体现出了作画之人非凡的才华。这幅绘于三十年前的画作并没有什么陈旧感，但作为装饰画挂在拥有三百年历史的酒坊墙壁上，却有点违和。

"老实说，与这栋建筑的风格相比，这幅画看起来太浓烈了。"恒彦自己也承认，"客人们也经常问，为什么要挂这样一幅画？但我认为回答这个问题本身，就是画师佐伯阳彦曾活在这世上的证明。你们想去画室看看吗？"

"非常想，拜托您。"

隆博似乎被画作吸引，痴痴地望着不肯走。半泽边催促着儿子，边沿着通道往后院走去。

"阳彦先生的画真的很有冲击力，连我儿子这样的小学生都被吸引了。"

"虽然我这么说有自夸的嫌疑，但阳彦确实是个才华横溢的人，只是，没能成为画家。"

恒彦像在为自己表示不甘一般。

"想成为画家，光靠才华是不够的，还需要运气和体力，但阳彦缺少后两样东西。"

恒彦将众人带至别屋。连接别屋与主屋的是一条带屋檐的走廊。

"这里，就是作为画室使用的屋子。"

屋内有六叠①大和十叠大的两个和式房间。榻榻米中间挖出一处地炉，由此可见，房间设计的初衷是为了作为茶室使用。和式庭院里设置了简单的露天座位②和洗手池。六叠大的房间还设

---

① 榻榻米的量词，多以此计算房间大小。
② 举办茶会时，客人等待空位的场所。

有窝身门 ①。

"当时，阳彦拆掉了十叠大房间的榻榻米，在木地板上作画。对面的仓库被布置成了简单的画廊，请随我去看看吧。"

别屋里阳光充沛。选择这里作为画室，大概是家人为正在生病疗养的阳彦考虑，希望阳光对他身体恢复有所帮助。

自建画廊里挂着各种各样的画，每一张都具备独特的吸引力。隆博也专注地看着。

"喂，隆博好像对绘画很感兴趣，万一他说将来想做画家，那该怎么办呀？"

半泽对小花的担忧一笑置之："别担心，我们家和你们家亲戚里，就没人有画画的天赋。"

隆博在仓库里边走边看，一幅接一幅地欣赏。突然，他指着一幅画说道："这个和刚才的照片一样。"

那是一幅很小的画，笔记本般大小。画廊里都是比较大型的画作，这幅小作品被挂在了一个不起眼的角落。

"中西，你怎么想？"半泽问道。

"这个是……"中西惊讶地眨了好几下眼睛。

这也怪不得他，因为眼前的画正是《哈勒昆与皮埃罗》。画的笔触与仙波工艺社的涂鸦完全一致，这幅却不是涂鸦，而是画在小型画布上的油彩画。眼神嘲讽、似笑非笑的哈勒昆和神情呆滞

---

① 茶室入口，只有 70 厘米的四方小门，由于门小，人必须弯腰低头进入。寓意无论是什么身份的人，都必须怀着尊重之心进入茶室。

的皮埃罗，奇妙的构图，漫画般的笔触，都与仁科让的得意之作极其相似，不，甚至可以说，几乎一模一样。

"这是……"半泽问。

恒彦露出犹豫的表情。

"那也是阳彦的画，右下角应该写着年份。画这幅画时，他还是美大的学生。"

"请等一下。"半泽被搞蒙了，他不得不重新整理思绪，"阳彦先生认识仁科让是在堂岛商店工作的时候，对吧？"

"没错。"

画中的哈勒昆用嘲讽的眼神盯着众人，似乎向半泽抛出了一个谜题。

"那么，这幅《哈勒昆与皮埃罗》……"

固然有各种各样的可能性，但如果用最简单的方式思考，这幅画揭示的答案只有一个。

"这是，阳彦的原创作品。"恒彦一字一顿地说。

半泽默默地抬起了头。

"喂，这是怎么回事？中西先生。"小花问身旁的中西。

"我也完全搞不懂了。"中西也歪着头，一副困惑的样子。

"看起来，我们似乎搞错了。是这样吧？佐伯先生。"

"是的，我想恐怕是这样。"

恒彦微微点头，脸上的表情暗示这件事另有隐情。

半泽继续说道：

"这件事的契机是堂岛商店社长——芳治先生留下的谜一般的

话。我们通过他留下的杂志和相册，在当时堂岛商店所有的、仁科让曾经工作过的半地下室仓库，找到了一幅涂鸦。涂鸦带有仁科让的绘画特征，但涂鸦下的签名却出自佐伯阳彦先生。我们以为是佐伯先生模仿了仁科让的画风，或者是佐伯先生出于好玩的心理，在仁科让的画作下签了自己的名字。为了得到更详细的信息，我们不得不叨扰贵府。然而现在，我们却亲眼看到了佐伯先生遇到仁科让前，在学生时代画的《哈勒昆与皮埃罗》。我说的没错吧？"

或许因为恒彦已经事先了解过整件事的来龙去脉，所以他点了点头。

"另一方面，仁科让第一次画《哈勒昆与皮埃罗》是在巴黎留学的第二年，在那之前他并没画过。"

"那么，阳彦先生为什么能在那之前画出来呢？"小花困惑不解地问道。

"答案只有一个。"半泽肯定地说，"《哈勒昆与皮埃罗》原本就是佐伯阳彦的作品，模仿他人画作的，是仁科让。"

"这能叫模仿吗？几乎是一模一样啊。"中西用惊愕的眼神盯着画，"相像到这种地步，说是剽窃也毫不为过。美术界难道会承认这种作品吗？"

"您怎么认为？佐伯先生。"半泽问。

恒彦默默地低下头，说道："这一点，任凭半泽先生想象。我只是个对艺术一窍不通的门外汉。"

"我能问一个问题吗？"小花依旧满脸困惑，"我见过这幅《哈勒昆与皮埃罗》，画作的特征非常明显，冲击力也很强，看一眼就知道是谁的作品。所以阳彦先生知道仁科让在模仿自己的作品吗？如果知道，他不会揭发出来吗？为什么没那样做？"

从恒彦的表情可以看出这个问题触及了事件的核心。

"仁科先生画《哈勒昆与皮埃罗》，是弟弟离开大阪回到老家后发生的事。弟弟虽然放弃了画家之路，但他对仁科先生的发展当然是关注的，他也知道仁科先生画的画，他很高兴。"

这句话令人意外。

"弟弟知道自己时日无多。自己的努力还没到开花结果的时候却不得不放弃，他很难过。听说仁科先生带着那幅《哈勒昆与皮埃罗》风风光光地出道时，弟弟说，自己的梦想实现了。由仁科让这位才华横溢的画家画出本该由自己画的画，代替自己为世人所知，他真的很高兴，就像为自己高兴一样。"

"所以阳彦先生才没有揭发这幅画是自己的原创，原来是这么回事，好感人。"小花说。

她默默抱紧了正在仰望《哈勒昆与皮埃罗》的隆博。

"仁科先生是怎么回事？"半泽问道，"他是出于什么缘故画了这幅画，您知道吗？"

"实际上，仁科先生好像很痛苦，他还给弟弟写了一封道歉信。"

半泽吃惊地问："这件事，公开过吗？"

"没有。"恒彦摇了摇头，"阳彦什么也没说。他既然选择沉默，我们也没必要揭穿。这么做等于违背阳彦的遗愿。知道这件事的，只有几位亲人。"

"仁科先生为什么要模仿那幅画呢？"提问的是隆博。

他虽然只是个孩子，但好像对此很感兴趣。

"问得好，这才是关键所在。在巴黎努力进修的仁科先生日子过得非常艰辛，画出的画无人赏识。在他走投无路时，浮现在他脑海中的正是这幅画。"

恒彦对隆博说完后，转而又对半泽等人继续解释："在弟弟去世之前，他和仁科先生曾有书信往来。当时还没有电子邮件和短信。仁科先生在信里坦白了模仿《哈勒昆与皮埃罗》的事。后来那幅画被画坛认可，风格鲜明的流行风作品《哈勒昆与皮埃罗》立刻成为仁科让的代表作。但是，仁科先生好像一直为此苦恼，并十分后悔。"

"难道，仁科先生之所以自杀，也是……"中西小心翼翼地问。

"我想，这或许是原因之一。"

这是现代美术一段不为人知的历史。

"您还有其他阳彦先生的作品吗？"中西问道。

"你们想看吗？"

恒彦边说边走到仓库一角。那里有一道通往二楼的陡峭楼梯，他走了上去。

"这里收藏了阳彦大部分的画，我们打算每隔三个月给墙上的画做一次替换。"

如恒彦所说，二楼被装着画的保管箱填得满满当当。恒彦在箱子中穿行，取出一个放在地板上。他从中拿出一幅装裱精美的画，挂在画架上。

"哇——"隆博兴奋地站在画前，"这幅画真好。"

"你看得懂吗？"小花怀疑道。

但随即她自己也无法把视线从画上挪开。

那幅画风格幽默诙谐，画的是一个在酒窖工作的男人。

"这也是他在美大念书时的作品，是暑假回家时在这里画的习作，我也很喜欢。"

恒彦又打开其他箱子，拿出两幅构图和大小皆不相同的《哈勒昆与皮埃罗》，并排放在画架上。

"这两幅画，都是他进堂岛商店工作前画的。"

"这些画，没在美术大学的展览会或者其他场合展出过吗？"半泽问道。

"这才是问题所在。"恒彦露出苦恼的表情，"那位美大教授好像完全不欣赏弟弟的画，弟弟也没有半点退让的意思，最后选择了退学。所以，这些画也失去了在人前展示的机会。"

"您说阳彦先生和仁科先生曾用书信交流。仁科先生寄来的信，您还留着吗？"

"当然。"恒彦说道，"不仅如此，阳彦寄给仁科先生的信我也留着。那是仁科先生生前拿来的。我告诉他这间仓库被改造成画廊后，他带着信来了一次。他说那是他们曾经活在世上的证明。当时，我还觉得这句话莫名其妙。"

"那么，仁科让去世——"

"好像是三个月以后。听到仁科自杀的消息时，我真的吓坏了。回想起来，所以他才会在那时把信带来啊——您想看吗？"

"拜托您。"半泽说道。恒彦去了主屋，拿来一个装着书信的盒子。

盒子里大约有十封装在信封里的信。

"请看吧。"

于是，半泽翻开了距今三十多年前，两位梦想成为画家的青年真诚炽热的青春。

第六章　巴黎往来书信

1

佐伯阳彦君：

（前略。）你身体还好吗？

昨天在香榭丽舍大街散步时，恰好发现七叶树开花了。在这条著名的林荫大道上，来来往往的行人都有种闲适愉悦的感觉，看得出来，他们异常享受好不容易到访的春日气息。挨过凛冽寒冬的巴黎，在夏日到来前的几个月里，大概会像鲜花般绽放，处处洋溢着喧闹季节的欢声笑语。这个过程，就好像坚硬的花苞徐徐盛开，散发出淡淡的蜜香。我切身地感受到，这个地方孕育着的不仅仅是艺术的萌芽，万事万物都在积蓄力量。终有一日，它们会冲破束缚，绽放出绚丽的花朵。

自我到巴黎，已经过去一个月了。

上回给你的信里也提过，我在塞纳河左岸一个叫蒙帕尔纳斯的地方的十四区找到一栋没有台阶的七层公寓，顺利地搬了进去。那栋公寓与区政府在同一条马路。莫迪利亚尼①年轻时居住过的寓所就在步行可到达的地方。我感觉从前只能通过绘画或姓名知晓的伟大艺术家们离我的生活又近了一步。巴黎画派②虽已成为遥远而美好的时代追忆，我依然想用自己的双手重现那种辉煌。

然而，现实中的我不仅一事无成，甚至还没做好干成某件事的准备。前几天我画好几幅画后，顺手抓起它们跑进一家显眼的画廊。我知道每幅画里还有许多不足之处，也因此而感到羞愧。但我相信有眼光的人一定能发现画中的技巧。最终，只有一幅画被名叫舍隆的画商赏识。他让我画出更像样的作品后再来找他。对我而言，那是唯一的救命稻草。虽然这只是小小一步，但我知道，这座城市宽广的胸襟足以接纳如我这般前途未卜的毛头小子。

阳彦君，等你身体好转后，请一定来巴黎。这里有成为画家的可能性，有未来。只要有实力，任何人都能被看到。我感到自己终于登上了能尽情发挥实力的舞台，兴奋到浑身战栗。

再联系。请保重身体。

仁科让

1980 年 4 月 20 日

---

① 巴黎画派的代表画家，代表作有《侧卧的裸女》等。

② 第一次世界大战前后至 20 世纪 30 年代活跃于法国巴黎的一群外国画家的总称。

2

让兄：

拜启。感谢你的来信。

本想早点给你回信，但我近来身体不好，有时无法工作，甚至无法打起精神作画。每到这时，我都无法思考任何事情，只能躺在床上，瞪着宿舍的天花板挨过一天又一天。

如果让兄在的话，一定会带好吃的东西来看我。一想到这里，我就觉得更加寂寞。如同让兄离开大阪前的那一晚我说的那样，这三年，真的，真的受你照顾了。

让兄还记得吗？两年前的新年我病得很重，甚至无法回家过年。元旦那天傍晚，你带着在老家打好的年糕来看我。

我一辈子都不会忘记那时吃到的年糕汤。清爽的白味噌汤里泡着年糕，你为了让我补充体力，还放了鸡肉和海鲜一起煮。汤的味道，鲜美得难以形容。

回想起来，我之所以会在堂岛商店这家公司工作，也是因为让兄。从美大退学后，对前途感到迷惘的我偶然看见招聘启事，迷迷糊糊地前往目的地，却得到了同是美大出身、梦想成为画家的你真诚而亲切的建议。

我一想到这个地方有和我一样为了同一个梦想努力的人，就不再感到害怕，立刻决定加入这里。

让兄有一旦决定便义无反顾向前走的行动力、坚强的意志和体力。每一样都是现在的我求而不得的。

不仅如此，让兄还具备无与伦比的速写能力和优秀的构图能力。如你信上所写，若是有眼光的人，一定能发现这种非凡之处。

你只身奔赴巴黎画坛，却能在短短的时间内遇到欣赏你的画商，也是因为这份实力。我衷心为你高兴，就像我自己也得到认可一样，与此同时，我也觉得这是你应得的褒奖。请在巴黎尽情施展才华，创造一个全新的时代。

我相信，让兄一定能做到。敬上。

阳彦

1980 年 7 月 13 日

3

阳彦先生：

拜启。

那之后，你身体还好吗？

巴黎的夏天有种颓废感，每日每夜只剩冷淡的沉默。唯有那晴朗得不像巴黎的天空，与我在大阪仰望的天空有几分相似。虽是同一座城市，季节一旦改变，熟悉的景象也立刻变得冷淡乏味起来，这让我禁不住讶异。不，之所以产生那样的感觉，或许并非城市的错，而是我被逼入困境的心灵在作怪。

九月的巴黎终于恢复往日的繁华气息。

我现在按照一周一幅的频率画着画。然而，那些不过是卢浮宫或奥赛美术馆展出的名画的仿作。我将仿作拿到街上的纪念品商店，运气好的话，能卖出足够一星期生活的价钱。运气不好的话，只能得到区区几法郎。如此一来，我只会将所剩无几的存款慢慢耗尽。

继续画那样的画是永远无法出头的。当然，在画室里，我也常常绘制那些并非用来讨生活的画，那些我真正想画、真正该画的东西。但目前为止，那些画卖得并不好。

我想阳彦你一定能理解这种心情。

使出浑身解数画出的作品无人问津，粗糙的仿作却大受欢迎。

这等同于告诉我，我的个性完全不受认可。

现在的我，正在承受巴黎的疾风暴雨。

我时常鼓起即将耗尽的气力，一遍又一遍对自己说："绝不能在这里认输，要相信自己，能画出最优秀的作品。"

我好怀念刚来巴黎时，那个满怀希望、天真烂漫的自己。

现在对我而言，画画早已不是梦想，而是织造现实的工作。

老实说，我并不知道有什么方法能让我爬出这不见天日的生活。甚至，我连是否存在那样的方法都不得而知。现在的我，很苦恼。

然而，即使是这样的生活，也存在希望的曙光。

就在昨天，我无意中想到一个非常出色的主题。下一幅画作或许会成为改变我绘画命运的作品。

舍隆画廊或许也会出高价把它当场买下。

没有哪个画家一开始就能成功。只有在画出成功作品前不轻言放弃的人才能成为画家，放弃的，只能成为普通人。

我绝不会放弃，一定会功成名就给世人看看。我相信，我这份热情绝不会输给其他人。

满纸胡言乱语，失敬。

让拜

1980 年 9 月 13 日

4

让兄：

（前略。）

拜读了前几日的信，对让兄挑战新作的热情与充沛的精力无比羡慕。现在的我，实在是有心无力。这样一个逐渐枯萎、耗尽气力的自己，是多么可悲啊。

上个月，我从堂岛商店辞职了。

从年初开始身体一直不好，经常休假。我不想再给公司添麻烦，所以才做了这个决定。

辞职后，我搬离了松屋町的公寓，返回丹波筱山的老家寻求栖身之所。

现在，我对自己的境遇无所适从。

可以的话，我也想和让兄一样去巴黎。但堂岛商店的工作所得多数花在了治疗费上，根本无法凑够去巴黎的留学费。

　　无法自立、只能在老家庇护下生活的我，眼睁睁看着让兄的背影离我越来越远。

　　从前，你说过要我去巴黎对吧。

　　我好想去。

　　真的好想去巴黎。

　　在这样的我看来，即使在困境中挣扎也依然坚定地走在热爱之路上的让兄，特别耀眼。是我永远崇拜的偶像。

　　让兄下一幅作品，一定能大获成功。

　　祝事业越来越顺利。

阳彦拜

1980 年 12 月 8 日

5

阳彦君：

（前略。）

被铅灰色阴云覆盖的巴黎天空，就是我心境的如实写照。

现在的我，彻底被打垮了，像阴沉的云一般萎靡不振。

感谢你前些日子写信鼓励我。

我很担心你。既然到了从堂岛商店辞职的地步，想必你的身体状况已经糟糕到极点。信里没有写详细情况，大概也是怕我担心吧。自己身体不好却一直鼓励着我的阳彦君，对现在的我而言，是唯一的知己、伙伴。

前些日子，向你大肆吹嘘过的作品，败得惨不忍睹。我曾寄予期望的舍隆将那幅画批得一无是处，那些评论残酷到不堪入耳。

现在的我，彻底被打败了。我感到困惑，也因为这样的生活看不到希望而绝望，同时，还感到恐惧。

来巴黎之前，我曾有若干设想。

但其中的大部分已被用完，剩下的那些也被证明根本派不上用场。

现在的我，根本不知道应该画什么。生活也穷困潦倒，连购买画具也要犹豫再三。

当面包和画具只能选择一个时，你会怎么做？

放弃绘画选择其他工作的话，该有多么轻松啊。现在的我终日苦恼的，就是这种终极选择。

接下来，我该画什么样的画才好呢？

该怎么画才能被认可，才能逃离这暗无天日的生活呢？

我已经不知道了。

不卖座也好，不被认可也好，有东西可画是一件多么幸福的事。反之，没有东西可画，是一件多么可怕的事。现在的我，同时尝到了这两种滋味。

我从没想过，有朝一日会变成这样。

巴黎是个可怕的地方。能登上成功舞台的只有少数天才，剩下的人只配坐在观众席上。

我在明暗的夹缝中彷徨，完全找不到出口。

让

1981 年 2 月 24 日

6

让兄：

　　最近我的情况变糟了，写不了长信。

　　巴黎真是个残酷的地方啊。

　　我知道你很辛苦。但让兄，还是拼尽全力在那里战斗啊。

　　连巴黎都去不了的我，只能每日每夜呆望着家中的天花板。

　　终日睡了醒，醒了睡。

　　让兄，加油! 让兄，加油!

　　我也要加油!

阳彦

1981 年 4 月 10 日

7

佐伯阳彦先生：

　　谨启。阳彦。

　　终于成功了！我终于在展览会上获奖了！

　　然而，我却无法坦率地为自己高兴。

　　现在的我，怀揣着一个无法对他人言说的秘密。

　　但唯有对你，我必须坦白，必须道歉。

　　阳彦，我模仿你最得意的画风画了一幅画。

　　当我用尽头脑中储存的设想一筹莫展时，脑海里浮现的，却是你的《哈勒昆与皮埃罗》。

　　那幅你出于恶作剧心态，在堂岛商店设计室墙壁上画的《哈勒昆与皮埃罗》涂鸦。之后，在你宿舍见到那张画的原稿时，我的心，像被一支从遥远宇宙飞来的无形利箭射中。

那是一种，和我一直以来的作品迥然不同的东西，一种和我迥然不同的才华。

那是灵感的产物，一种绝不可能在我身上出现的灵感。

住手，不能这么做。

如此劝阻自己的我，和把这幅画当作最后救命稻草的我，在身体中缠斗。

出乎意料地，这幅画竟然大受好评。

不仅是舍隆，这幅画在展览会上也得到了极高评价。订单像雪片般朝我飞来，数量与金额都是前所未有的。

但是，我没有接受这些工作的资格。

即使被你斥为小偷，斥为臭不可闻的抄袭者，我也无话可说。

一想到现在的你正怀着怎样的心情在看这封信和附加在信里的照片，我的心就懊恼得快要撕裂。

我，已经失去了作为画家的全部。

不知道该如何向你道歉，我已经无话可说。

卑鄙无耻的小人仁科让
1981 年 7 月 8 日

8

让兄：

　　首先，祝贺你的成功。

　　读完你的信，看完作品的照片后，我的心里涌起不可抑制的
喜悦。

　　我已经没有时间、没有体力让自己的作品为世人所知了。

　　是让兄代替了这样的我，让作品重见天日。

　　千万不要后悔，也不要责备自己。

　　现在的我，多么为让兄的成功感到高兴啊。开心，太开心了。
如果身体好一点，我一定会激动得四处奔跑。

　　就连《哈勒昆与皮埃罗》看上去也得意扬扬的。

　　太好了，让兄。

　　真的，太好了。

和你并排趴在办公桌上工作的日子，仿佛还是昨天。

每每想起，我都会落泪。

让兄，请代替我继续画画，把我的那份也画下去。

一定要画很多、很多的画。

还有，请代替我，好好活下去。

恭喜你，真的恭喜。还有——谢谢你。

阳彦

1981 年 8 月 29 日

9

　　读完信的半泽久久没有说话，只是安静地盯着手中的信纸。他默默把信纸按照原样折好，仔细地塞进信封，放回盒子，然后向恒彦道了谢。

　　"写完最后一封信的第二个月，阳彦就去世了。"恒彦悲痛地说道，"这是名叫佐伯阳彦的画师活在这世上的重要证据。现在仁科先生也不在了。我曾想过要不要把真相公开，让弟弟也为世人所知，但又觉得这么做可能会违背弟弟的遗愿。"

　　这种左右为难，正是恒彦一直以来的苦恼。

　　"但是，这么好看的画，一定有很多人想看吧。"

　　小花用怜爱的目光看着佐伯阳彦绘制的《哈勒昆与皮埃罗》。这幅画里，的确有某种摄人心魄的魅力。

　　"我也想要，爸爸，买它！"

听到隆博的话，半泽慌了神。

"喂，这可不是用来卖的呀。"

"不好意思，这些画还没多到能卖的程度。"恒彦苦笑着对隆博说道。

他继续说道："实际上，从几年前开始一直有人上门拜访，问我能不能把阳彦画的《哈勒昆与皮埃罗》全卖给他，顺带，还想要刚才给各位看过的书信。我想那人背后的买主，恐怕是专门收集仁科让作品的收藏家。"

半泽与中西面面相觑。除了他们以外，居然还有其他人注意到了佐伯阳彦的存在。这着实令人吃惊。

"那人是怎么知道阳彦先生的呢？"

"我也想知道，但对方说有保密义务，所以没有透露。但我猜测，那位买主或许是通过某种方法从仁科让本人那里得知了真相。"

恒彦的推测令人意外。

"也就是说，仁科先生生前，对某个人说过阳彦先生的事？"

中西歪头沉思着。

对仁科而言，《哈勒昆与皮埃罗》背后的秘密，应该是绝不能被外人知晓的。

"那位先生初次拜访这里，是在三年前的十月份。"恒彦说道，"在那年的九月份，仁科让结束了自己的生命。以下只是我的推测，仁科让会不会留下了类似遗书的东西？"

"遗书吗？"这推测太出人意料，半泽不由得反问了一句。

他和中西对视了一眼，接着便对恒彦说："确实，这也不是不可能。"

"那位买主应该和仁科让关系亲密。对仁科让来说，这个秘密是沉重的包袱，压得他喘不过气了。虽然他自杀的原因还不明确，但如果真的和我弟弟有关，他或许会留下遗书把所有真相公之于众。当然，这也只是我的猜测。"

半泽也觉得倘若真如此，一切就合情合理了。

"想买画和书信的人究竟是谁，佐伯先生想必有了大概的猜想吧。"半泽问道。

"嗯，差不多吧。"

恒彦躲开了半泽的视线。

"您打算卖了吗？阳彦先生的画。"

小花和中西惊讶地看着恒彦。

"对方这三年来一直很有诚意地上门拜访。一开始我是拒绝的，但酒厂的经营也不太顺利，我想，差不多是时候了。"

那人开出的价格想必十分可观。

"但如果卖掉的话，不知道阳彦先生的画会流落到什么地方。以后可能再也见不到了。"半泽说。

"是的，我知道。"

恒彦环视着阳彦的画，满脸懊悔。

"但是，我不会全部卖掉的。"这句话似乎是他说给自己听的。

恒彦重重地叹了一口气，现在静静地站在半泽等人面前的，只是一个对公司现状感到无能为力的经营者。

"接到半泽先生的电话，听说是东京中央银行时，我还以为跟买画的事有关，以为你也是那位买主的代理人。看来，是我误会了。"

"提出要买阳彦先生画的人，是我们银行的人吗？"

这个发现实在太出人意料。

"方便的话，您能告诉我名字吗？"

"我有名片，请稍等一下。"

恒彦返回主屋，立刻拿回来一张名片。

"这是那位先生第一次拜访时留下的名片。"

名片上用铅笔写着接收名片的日期。

"为什么……"

中西眼神透出惊讶，不由得喃喃自语。

"是直树认识的人吗？"小花问。

"嗯，认识。"半泽抬起头。

名片上，写着东京中央银行大阪营业本部次长——宝田信介。

旁边留有手写的手机号码。

"为什么宝田会……"

新的谜团，降落在半泽面前。

第七章　麻烦的真相

1

"以上，就是我们拜访佐伯阳彦的老家后了解到的情况。"

周一一上班，半泽就拜访了仙波工艺社，向友之、小春和会计部长枝岛三人讲述了详细经过。

在半地下室仓库里发现的涂鸦，究竟是真迹还是仿作？

这恐怕是友之、小春和仙波工艺社的员工最关心的问题。如果是真迹，那就是估值二十亿日元的珍宝，就能在业绩低迷的情况下挽救公司于水火之中；如果是仿作，则价值寥寥。因此，友之等人抱有很大期待。

"也就是说，那个果然——"

枝岛的脸色因失望而变得惨白，他的嘴巴一张一合，似乎马上会因为呼吸困难而晕倒在地。

"因为没有那时的记录和证言，所以并不知道真实情况。但遗憾的是，很难认定那幅涂鸦出自仁科让之手。"

"是吗……"

枝岛的肩膀无力地垮下。

"天上哪儿那么容易掉馅饼啊，枝岛先生。"小春半开玩笑地安慰道，但就连她自己也无法掩饰失落之情。

"真的辛苦你了，半泽先生。"友之遗憾地皱起眉头，却还是向半泽鞠躬致谢，"话虽如此，那幅涂鸦也是仁科让在这栋建筑内工作过的重要记录，我想好好保存下去。"

"拜访过佐伯先生的老家后，我也理解了亲属们内心的纠结。"

半泽回来后一直在想这件事。

"他们一方面想让怀才不遇、郁郁而终的佐伯先生为世人所知，另一方面又必须尊重阳彦先生的遗愿，将《哈勒昆与皮埃罗》的秘密保守下去。在这样矛盾的情感中，亲属们恐怕一直备受煎熬。"

"在美术界，模仿是不是绝对的恶，原本就是一个值得讨论的话题。"友之说道，"对艺术家而言，模仿与创作本就关系密切。每个艺术家都会有看到前人作品后获得某种灵感，从而投入到自身创作的经历。由此诞生的作品，是致敬？还是抄袭？是无罪的模仿？还是恶意的剽窃？这不但要看模仿者和被模仿者的私人交情，还要看作品的创作过程。"

"无罪的模仿，还是恶意的剽窃吗？"

友之无意中说出的这句话，正是问题的关键。

"以前，美术界出现过这样的问题吗？"中西问道。

"那可太多了。不单单是绘画，还有音乐和文学，各种各样的

238

艺术领域里都在发生同样的事。"友之说道，"其中也有因模仿他人作品备受好评的画家。因为那名画家的模仿，原作的价值反而上升。这个例子可以证明原作与模仿关系之暧昧。相反还有另一种例子，某位长期活跃于画坛的日本实力派画家的数十幅作品在获奖之后被认为抄袭了某位意大利画家，那位意大利画家在盛怒下发声，从而导致事情败露。结果，那些仿作被定性为'抄袭'，奖项也被取消，这件事可以说震惊了整个日本画坛。回过头来看这次的事，仁科让和佐伯阳彦究竟是怎样一种关系，才是微妙之处。"

友之用手托住下巴，努力思索着。

"仁科让并没有讲明这些画是仿作，而是以原创作品的名义发表。然而阳彦并没有提出异议，反而一直在支持他。这种情况有点少见。问题在于，那种画风，或者说独特的笔触，究竟是谁的原创？"

友之仰头看着社长办公室的《哈勒昆》。

"'哈勒昆与皮埃罗'这个主题在欧洲很常见，法国画家安德烈·德朗画过，毕加索和塞尚也画过。但是，这幅画却很特别。流行性的画风、独特的笔触，任谁看一眼都会知道这就是'仁科让'。如果这种强烈的独创性才是这幅画的价值所在，那么模仿了这一点的仁科让毫无疑问是在抄袭。"

"假设，这件事被公之于众，仁科让作品的价值会怎么样？"半泽问道。

"现在还不好说，但有下跌的可能性，下跌到什么程度就不得而知了。而且，即使仁科本人承认过'抄袭'并为此道歉，也不代表原创者佐伯阳彦的'习作'就能得到好评。美术的世界就是这样，半泽先生，不能用常理揣度。"

无法释然的沉默笼罩在房间内。

美术的世界可以说是妙趣横生，但同样存在许多不合情理之处，有时甚至连善恶的标准都暧昧不清。想评判这种暧昧模糊之处，可能需要跨越时代的时间。

"但现代美术的收藏家多数是大富豪，要说他们买画是因为沉迷于作品的艺术性，似乎也不尽然。投资也是个很重要的目的。站在那种人的角度，肯定不想看到高价并购而来的画作面临价格暴跌的风险。"

"就是这样。"半泽说道，"我觉得，我好像知道为什么业务部长宝田想买佐伯阳彦的画了。"

"什么意思？"小春问道。

"田沼社长是仁科让作品的收藏家。听说，他在仁科作品上投入的资金不低于五百亿日元。如果抄袭的事被公开，那些作品的价值就有可能暴跌。所以，他们才会向恒彦先生购买佐伯阳彦的遗作。恒彦先生推测，田沼社长恐怕是通过仁科让的遗书知道了真相。"

"我也这么认为。"友之说道，"仁科让去世的时候，似乎给家人或特别亲近之人留下了遗书。杰凯尔的田沼社长对仁科让而言，是近年最大的赞助商和客户。仁科让究竟是怎么看待田沼社长的还不清楚，但两人之间毫无疑问存在斩不断的工作联系。后来仁科让精神状态不稳定，患上了抑郁症，他虽没有像巴斯奎特[①]那

---

① 第二次世界大战后成名的美国艺术家，后被怀疑死于吸食过量毒品。

样依赖药物，却越来越封闭自我。到了后期，他几乎不见任何人。人们都说这是因为他敏感温柔的性格，但就像恒彦先生所说，他很可能因为抄袭的事备受折磨。他自己越成功，过去犯下的罪孽就越沉重。最后，终于承受不住。"

友之皱起眉头，脸上满是同情的神色。

"那么，佐伯先生会把阳彦留下的《哈勒昆与皮埃罗》卖掉吗？"

"听说酒厂设备老化，需要一大笔资金，他正为筹措资金的事伤脑筋。虽然还没签正式的合同，但有这个意向。"

"他一定很懊恼吧。"

友之咬住嘴唇。

"听说佐伯先生对宝田提起书信的事，是在最近。接下来的话只是我的推测，书信里可能有一条遗书没有提及的信息——就是这个地方。"

半泽把书信复印件的一小节展示给众人。

"那幅你出于恶作剧心态，在堂岛商店设计室墙壁上画的《哈勒昆与皮埃罗》涂鸦。"

"当然，田沼社长不可能知道涂鸦是否还在，但如果还在，就是个不小的隐患。"

"难道——难道，这就是他并购我们的理由？"小春的脸上浮现出怒意，"也就是说，仁科让和佐伯阳彦二人的友谊，对收藏了画作的田沼社长而言，是麻烦的真相？"

"他们的目的，恐怕是隐瞒仁科让抄袭的事。"半泽说道。

"有这个可能。"友之用空洞的眼神盯住虚空一点说，"他们或许真的想并购艺术系出版社，但即便如此，也不一定非得是我们。为什么是我们？如果事实如此，一切就说得通了。"

"跟画作价格下跌相比，十五亿日元的品牌费又算得了什么。太看不起人了。"小春焦躁不安，快速地吐出一口恶气，"怎么办社长？我们要装作什么都不知道任由杰凯尔并购吗？还是，只把墙上的涂鸦卖给他们？"

"不，我不卖。"友之下定决心道，"那幅涂鸦，是一位名叫佐伯阳彦的画家曾经活在世上的证据。抹去它，或者为了金钱出卖它，都是对画家佐伯阳彦的亵渎。我喜欢佐伯阳彦这个人，他是个优秀、温柔、懂得为他人着想的青年。所以，我不卖。我们公司，我也不会卖。你同意吧，小春？"

"这才是我的社长。"

小春展颜一笑。

"这不是钱的问题，是灵魂的问题。你怎么看？半泽先生。"

"这不是挺好的吗，贵公司根本不需要加入任何资本旗下。但是，为此——"

"经营改革方案。"友之接过话头，"一定要做出让堂岛舅母心服口服的方案。到那时，融资就拜托你了。半泽先生。"

"交给我吧，前几天您提过的弥补出版部收益的事，就拜托了。"

"你稍微过来点，关于这个，有一桩有意思的事。"

友之用热情的语调说起了小春的朋友——那名长居巴黎的经纪人介绍的提案。

"就是这个，社长。"听完全部内容的半泽认真地说道，"这个方案，请您无论如何都要实现它。"

"过去，我家老头子说过一句话。"友之的目光变得锐利起来，"没有哪家公司能顺风顺水地成长，总有一天会遇到必须接受新挑战的时候。现在就是那个时候。我一定会闯过这次危机，向大家证明自己。"

2

半泽和往常一样与来大阪出差的渡真利见面，是在拜访丹波筱山佐伯酒造后第二个星期的周末。

那是七月的第一周。这天晚上七点，半泽掀开西梅田居酒屋的门帘，就看到早已等在那里的渡真利，他面前装着生啤的玻璃杯已空了一半。

"你到得真早。"

半泽也叫了生啤酒，他和渡真利干了一杯，接着便讲起了上周末在佐伯酒造的所见所闻。

"你说那才是真正的并购目的？"眼睛瞪得浑圆的渡真利整理了一下思绪，继续说道，"田沼美术馆的主打展品是仁科让的画，但仁科的作品却涉嫌抄袭。虽然他们暂时做了隐瞒工作，但这个秘密如果因为某种契机被公开，绘画藏品的价值就不知道会怎么样了——"

"如果买画的目的原本就是投资，要是我，肯定会考虑尽快脱手。"半泽说道，"有贬值风险的东西没必要攥在自己手上。要是我，肯定会一边争取时间一边把画全部脱手。可能的话，还会想把建美术馆这件事一笔勾销。"

"所以，他才会在暗中出售美术馆啊。"渡真利也赞同半泽的说法。

他的表情渐渐变得严肃。

"喂，半泽。这要是真的就糟糕了。即使画作只贬值一半，也会造成数百亿日元的损失。还有美术馆，就算七折出售，损失也将近一百亿日元。"

"关键是，杰凯尔现在的业绩绝谈不上是最佳状态。"半泽说道，"这事如果摆上明面，股价有可能暴跌。"

"也难怪田沼社长和宝田那么拼命了。"

"不仅是这样。"半泽平静地说，"这件事里，还隐藏着一个重大问题。"

"重大问题？"渡真利反问。

"是这张名片。"

半泽从公文包里拿出一张复印件。那是佐伯酒造社长——佐伯恒彦保管的宝田的名片。

"你不觉得奇怪吗？"

"哪里奇怪？"

"看看恒彦先生写的日期。"

渡真利盯着名片思考了好一会儿，越发迷惑。

"什么意思？大阪营业本部不是宝田原先工作的地方吗？这有什么问题——啊！"

渡真利猛然抬起头，满脸震惊："这事，大阪营本的和泉和伴野知道吗？"

"不，他们应该不知道。"半泽断言道，"那些家伙，只是被利用的小角色。"

"不管宝田怎么出招，我们都得做好该做的事。"半泽平静地说道，"最重要的，是整理好经营改革方案获取堂岛太太的担保。只要融资获批，事情就有转机。"

3

在位于大阪梅田的杰凯尔总部，接近最顶层的社长办公室里，业务统括部长宝田正和田沼相对而坐。

"关于美术馆的买主，我们会在暗中继续寻找。请您放心。"

"我能放心吗？"田沼用尖厉得有些神经质的声音喊道，"不知道什么时候就会出现几百亿的损失呢！"

"您不需要这么焦虑，事情现在进展得很顺利。"宝田看上去泰然自若，"佐伯酒造那边基本同意了卖画的事。只要买下画和书信，这世上唯一能证明抄袭的就只剩沉睡在仙波工艺社地底的涂鸦。那边也迟早会接受并购。如此一来，真相将永远封存在地底。至少，我们也能争取到卖美术馆、卖画的时间。田沼大社长，请您放一百个心，有句话说得好——只要耐心等待，总会风平浪静的。"

宝田不愧是销售老手，非常懂得如何一步一步安抚田沼的情绪。

"在那之前，要是仙波工艺社发现了涂鸦该怎么办？说不定，他们还会因此得知真相。"

"怎么可能发现。"宝田不屑一顾地说道，"那东西沉睡几十年了，谁都没发现。"

"你怎么知道仙波工艺社会接受并购？"田沼问道。

"因为，他们正为资金运转问题大伤脑筋呢。"宝田的唇边浮现出阴险的笑意。

"你是说他们没有担保的事？但他们要是从某个地方找到了担保该怎么办？到那时，你们银行不就得向他们融资了吗？"

"不，我不会让这种事发生的。"

宝田干脆地摇了摇头。

"你不是说就是以这种条件拒绝他们的吗？"

"那只是借口，社长。"宝田的笑，阴险得深不可测，"无论发生任何事，我行都不会向仙波工艺社融资。即使融资，也是在满足了'接受并购'这个唯一条件之后。"

"什么意思？你是说，你们对仙波工艺社撒谎了？"

听到田沼的质问，宝田正色道："您别说得这么难听嘛。"

"融资条件是会随审查内容和状况改变的，仅此而已。剩下的，您就别问了。"

宝田委婉地堵住了田沼的质问。

4

　　七月的早晨，梅雨并未全然退却。雨一直下到拂晓才停，土佐稻荷神社内积起的水洼映出天空的倒影。

　　一个身穿运动衫的年轻人拉着拖车走来，那人是中西。他在神社内各处停留，把人们清扫的垃圾塞进塑料袋，再放进拖车的车斗。

　　此时，在主参拜道上捡拾垃圾的半泽看见远处那个熟悉的身影，走了过去。

　　"那袋垃圾，交给我吧。"

　　穿着围裙、戴着麦秆草帽的堂岛政子转过头，看着向她搭话的人。

　　"你有什么事吗？"她看了看四周，"友之也来了吗？"

　　"想请您看看修改后的经营改革方案。"

"你们可真难缠啊。"

政子把手扶在腰上，舒展了一下筋骨。她把垃圾袋交给半泽，自己坐在了旁边的长椅上。

"还是说，你们已经被逼得走投无路了？"

"不，请先把担保的事放一边，我们想听听您的意见。"

政子盯着半泽看了一会儿说："好吧，过会儿来我家吧。"说完，她喝了一口瓶装矿泉水，用脖子上的毛巾擦了擦汗。

"非常感谢。"半泽鞠了一躬。

半泽与友之结伴拜访堂岛公寓，是在大致的清扫结束之后。

现在，政子正坐在客厅的椅子上，浏览友之拿来的仙波工艺社事业计划书。

"这东西也太夸张了吧。"

这是政子刚拿到沉甸甸的计划书时说的话。然而接下来，她每翻一页计划书表情就严肃一分，看完最后一页，她把计划书合上，摘下老花眼镜，闭着眼一声不吭。

这是决定仙波工艺社生死存亡的经营改革方案，耗尽了所有人的心血。

"三本杂志砍掉两本吗？你还真豁得出去啊。"

"《美好时代》是盈利的，又是我们的招牌杂志，所以予以保留。"友之答道，"我们也想过把现在亏损的杂志整合到一起，但赤字加赤字终究变不成黑字，所以只能砍掉。这也是迫不得已。"

友之继续道："今后，提升公司业绩的主要手段有两个。一是扩充《美好生活》的篇幅。我们要做出满足读者需求的、比现在更好的内容。杂志也会接二连三推出特刊。其中最关键的，就是与如今好不容易到达权威地位的法国艺术杂志《现代艺术》的合作。这项合作势必会轰动业界，吸引大量读者。所以，我们会从已废刊的编辑部里抽调两人进入《美好时代》。另一项重大改革，则是企划部的业务扩充。

"以前，我们做的工作只是策划。也就是向赞助商或美术馆提供展览方案，与国外的美术馆、收藏家联系，调配绘画或艺术品。但了解了客户意向之后，我们发现许多老主顾想得到更加深入的服务。例如预算管理、广告宣传、宣传手册的制作等，通过承包这种一条龙服务，可以确保营业额的逐步提升。此前因人手不足无法推行的业务，也能通过从编辑部中调配人手的方式实现。"

政子一言不发地听着。

"编辑们在编辑杂志中培养起来的技能也可以运用到广告宣传和制作宣传手册中。另外，由于增加了人手，策划案件的数量预计会增加到现在的两倍。"

友之的说明结束后，房间陷入短暂的沉默。

不知过了多久。

"明白了。"政子说出了这句话。

接着，她用无法释然的目光看向半泽。"即便有了如此可靠的方案，银行还是需要担保吗？"

"这事比较复杂。"

半泽虽没有透露融资部怀疑仙波工艺社参与预谋性破产的事，但政子或许早已凭借敏锐的直觉察觉到了什么。

"原来如此，算了。"她看向半泽的目光变得坚定起来，"已经麻烦半泽先生做了寻宝这种额外工作，我就不再说让你为难的话了。"

政子重新转向友之："友之，你的任务是不论发生什么，都要把这份计划落实。银行的事，你我无能为力。半泽先生，只有请你代替我们战斗了。拜托了——请用这栋楼和这块地做担保，促成仙波工艺社的融资。"

"非常感谢。"

半泽向这位女中豪杰深深地鞠了一躬。

5

　　"啊，支行长，欢迎回来。"浅野刚回到支行，江岛便殷勤地打了声招呼，"有个好消息要告诉您。"

　　接着，他拿出了仙波工艺社的档案。

　　"这也是半泽刚刚汇报的，听说仙波工艺社找到担保了。"

　　"你说什么？"

　　浅野感到眼前一黑。他连外套也忘了脱，慌慌张张地翻开档案夹。

　　"堂岛之丘……这是什么？"

　　浅野惊讶地抬起头。

　　"听说是仙波社长的亲戚。"江岛用一种令人恼火的语调不紧不慢地说道，"听说对方非常愿意用名下的大厦给这次融资做担保。这太好了，支行长。"

"好什么好，并购案要怎么办？"

看到浅野的神情，江岛吓得用手捂住嘴巴。

"这个担保有没有问题？"浅野压低声音问道。

江岛绷直了身体，生怕再说出什么惹浅野不高兴的话。他小心翼翼地答道："大楼和土地没有什么瑕疵……但是——"

"但是什么？"

"虽说是亲戚提供的担保，但这个亲戚有点……"被浅野瞪着的江岛战战兢兢继续道，"担保人堂岛政子的丈夫，就是那个有预谋性破产传闻的堂岛商店的社长。"

"你是说，那个政子也跟预谋性破产有关？"

"不，是否有关还不清楚，但两人毕竟是夫妻。当时做丈夫的明明身背数十亿外债，不得不申请自我破产，妻子居然能全身而退，还拥有一整栋大厦。这有点不合情理。"

"原来如此。"

浅野站起身，走进支行长办公室打了一通电话。

"你说什么？出现了担保人？"宝田警觉地压低声音问，"是什么人？"

听完浅野的说明后，宝田毫不犹豫地做了决定。

"融资部长北原那边由我去说明。跟预谋性破产扯上关系的房产怎么能用来做担保？"

谢天谢地，这事不用浅野亲自去办。

"作为交换，致命一击得由你完成。"宝田的这句话暗含谴责的意味，"不管发生什么，你都要给我促成仙波工艺社的并购案。

254

现在正是最关键的时刻，浅野支行长，你要记住，这可关系着你的人事评价。"

"您的教诲，我铭记于心。"

放下听筒的浅野，心脏疯狂地跳动着，久久无法平静。

"听到出现担保，支行长都吓瘫了。"课长代理南田转过身，用手遮住嘴巴小声说道。

融资部要求的担保已经到位，再加上重新修改后详细的经营改革方案，仙波工艺社的融资申请，可以说万事俱备。

"这次，他想挑毛病也挑不出来。"

此时传来支行长办公室大门打开的声音。半泽回过头，发现抱着档案夹的浅野已回到自己的座位。

"半泽课长，你过来一下。"

该来的总算来了，南田留下这句话后返回了自己的工位。

"这个叫堂岛政子的担保人，好像是堂岛商店社长的夫人吧，从前跟梅田支行打过交道的那个。"

浅野的语气略带责难的味道。

"堂岛政子女士目前正在以个人名义经营房地产。前段时间，我和仙波社长一直在与她交涉。这次，好不容易得到了允诺。"

"堂岛商店，不就是那家预谋性破产的公司吗？"浅野说道，"你是怎么想的？居然用这种来路可疑的担保，就没有其他担保了吗？"

"预谋性破产的事，前几日我已经向您汇报过了。法律上也没

255

有任何问题。"

"但是啊，丈夫都被巨额债务逼到破产了，妻子怎么能坐拥这么大一处房产，这不奇怪吗？"

"这栋大厦是早在破产前政子女士独立持有的房产，并没有趁破产之机变更过持有人。"

"我还是不怎么看好。"浅野说道。

他又问一旁的江岛："你怎么想？副支行长。"

"是，我也和您一样。"

江岛和往常一样表现出一种可悲的追随姿态。他问半泽："没有其他担保了吗？"这个问题等同于废话。

"没有，这是唯一的担保。"半泽答道，"这是我们反复交涉后好不容易求来的担保。请您务必提交给融资部。"

浅野像闹别扭的孩子一样噘起嘴，双手交叉枕在后脑部，整个人朝椅子后背倒去。

这个要求，他应该无法拒绝。

半泽有自信。

"行吧，毕竟也是个担保。"浅野妥协了，"真好啊，半泽课长。如此一来，融资申请应该没问题了吧。"

就这样，仙波工艺社融资申请的主战场再次转移到了融资部——

6

"这种来路可疑的担保，让我们很为难啊。"猪口直接向半泽打来电话，开口第一句就是抱怨，"那个叫堂岛商店的公司可是让梅田支行背了十五亿的坏账啊。现在算什么？噢，妻子拥有大宗资产，事到如今又来提供担保？别开玩笑了行吗？"

"堂岛商店和这次申请无关。"半泽冷静地说道，"我们是为仙波工艺社申请融资，也按照贵部的要求提供了担保。如果贵部不推进下去，为难的是我们。"

"北原部长也说这种担保不像话，根本不值得审查。"

"请等一下。"半泽慌了神，"他们虽说是夫妻，在法律上不也是独立的个体吗？政子女士又不是堂岛商店的担保人，为什么不能用她的房产做担保？你能不能说清楚？"

"预谋性破产折腾了那么久，对方偷偷藏起一些资产也不奇怪吧。"猪口说道，"也不知道他们是从多久以前开始预谋破产的。还是说，你能证明这一点？"

"你们打算逼死仙波工艺社吗？"

猪口毫无道理的指摘让半泽的怒意无法压制。

"仙波工艺社既有完备的经营改革方案，又有担保。凭什么不给融资？这太荒唐了。"

"就算我行暂缓融资，仙波工艺社也不至于走投无路吧。"此时猪口说出了真实目的，"明明有送上门的高额并购提案，为什么还要用这种来路不明的担保贷款？这么简单的道理你都不明白？"

"并购的事，谁告诉你的？"半泽压低声音问道。

"谁告诉的不都一样吗？"猪口慌张地答道。

"有个问题我想问，你们该不会是为了促成并购案，故意挑仙波工艺社的刺吧？"

"请你不要说这么失礼的话，我们怎么可能那么做。"猪口好像生气了，"我都跟你说了，是因为担保不行。"

"这跟故意找碴有什么两样？你们是在见死不救，这难道不奇怪吗？"

"奇不奇怪，也不是区区一个支行融资课长说了算的。"猪口的回答颇有点恬不知耻的味道，"总之这件事，部长和我的意见相同。预谋性破产害梅田支行出现巨额坏账，用跟这事扯上关系的房产做担保在合规上也有问题。不管你怎么叫唤，不行就是不行。你再找找其他担保，实在不行，就趁早推进并购案吧。"

半泽与猪口的通话就此结束。仙波工艺社的融资申请竟撞上了意料之外的暗礁。

"不予批准？这是怎么回事？"

"是我力有不逮，非常抱歉。"在仙波工艺社社长办公室里，半泽深深地鞠了一躬，"我已经交涉过了，但目前还找不到破局的办法。"

"半泽先生，我们不是说好了吗？只要有担保就能融资。那难道是骗我的吗？"

听到友之的话，半泽咬紧了嘴唇。

"舅母好不容易答应担保，现在居然说什么来路可疑，什么合规上有问题，这不是故意找碴是什么？"

小春的话也不无道理。

"我们根本没有其他担保，这你也知道，半泽先生。"友之的语气异常严厉，"这和逼死我们有什么两样？好不容易做好了经营改革方案，正准备大干一场的时候，银行居然用这种牵强的理由打发我们，这太奇怪了。半泽先生不是一直在跟进吗？为什么还会发生这种事？"

"融资部应该也不想看到仙波工艺社破产。我会耐心地说服他们。您能再给我一点时间吗？"

"到这个月末，公司的资金就见底了。时间还来得及吗？"友之绝望地问道。

"我会拼尽全力交涉的。"

话虽这么说，但半泽还不知道该如何反击。

而且，支行长浅野的消极应对也是个问题。

在奉行现场主义的东京中央银行，支行长的积极态度在关键时刻能起到巨大作用。然而在这件事上，浅野不仅坐视不理，一旦有什么负面消息，还会立刻让半泽劝仙波工艺社接受并购。

"我从一开始就不看好这个担保，融资部说合规有问题的话，我也没办法。"

这是浅野的主张，江岛也表现出附和的态度。

"我会尽我最大努力。"找不到具体解决措施的半泽，只好这样说道，"请您再耐心等等。"

半泽接到渡真利的紧急电话，是在第二天早晨。

"我现在刚到大阪车站，你有时间吗？半泽。"

在仙波工艺社的融资申请被打回后的第二天一大早，渡真利就打来电话。

"十点前我都有空。"

"我直接去你那里，我们在外面见吧。"

渡真利要说的事，大概不方便在支行内提及。

二十分钟后，在支行附近的酒店会客大厅，半泽与渡真利相对而坐。宽阔的会客大厅顶上镶着玻璃天花板。天气晴朗时，明媚的阳光会从屋顶倾泻而下。不巧的是今天是雨天，遍布大厅各处的植物盆栽也显得暗淡无光。

"有件事想告诉你。"

因为是工作日上午，酒店大厅并没有几个客人。两人在角落甫一坐定，渡真利就迫不及待地开口："仙波工艺社的融资，恐怕没戏了。"

"什么意思？"

半泽抬起僵硬的脸。

"就是字面意思。业务统括部部长宝田事先跟我们部门的北原部长和猪口打了招呼。大意就是不批融资，逼迫仙波工艺社接受杰凯尔的并购提案。要是仙波工艺社被逼得走投无路，刚好可以趁机压价。"

"开什么玩笑，怎么会有这么荒唐的事？！"半泽嚷了起来。

"那帮家伙脑子里只想着自己的利益。宝田这次是吃了秤砣铁了心，一定要促成仙波工艺社的并购案。我无意间听说业务统括部内部正在运作，打算把仙波工艺社并购案打造成全行皆知的模范案例。"

"他们把客户当成什么了？"

半泽的瞳孔深处，愤怒之火开始静静地燃烧。

"北原部长虽然严格，但这次也是宝田用合规问题给他施压。再这么下去，就要被他们得逞了。"

因宝田的做法过于蛮横无理，渡真利气恼得脸都歪了，他把膝盖往半泽的方向挪了挪。

"你一定要做点什么，半泽，不能任由他们歪曲我行的融资态度。"

半泽从渡真利的话中听出了强烈的危机感。

"我知道了。"

半泽的语气格外平静，眼睛却炯炯发光，眼底卷起的愤怒的浪涛仿佛伸手可触。

　　"我规规矩矩地做事，他们居然敢蹬鼻子上脸？都给我等着。"半泽怒视着被瓢泼大雨拍打着的玻璃天花板说，"我大体相信人性本善，但——人若犯我，我必加倍奉还！"

第八章　献给小丑的安魂曲

1

"副部长，仙波工艺社来电话了。说是要谈并购的事，我明天过去。"

伴野兴高采烈地向直属上司和泉汇报刚刚接到的电话。

这是七月第三周的星期一，新的一周刚刚开始。

"我就知道他们快撑不住了。总算来了，果然只要耐心等待，就会有柳暗花明的一天。"

上周末他们接到融资部猪口的通知，说仙波工艺社的融资申请已被驳回。

对于流动资金只能支撑到月底的仙波工艺社而言，剩下的路只有两条——直接破产，或者被人并购。

"一切尽在我们的掌控之中，事情好像就要这样结束了，还真有点意犹未尽呢。伴野，你要好好干。"和泉窃笑道。

"断其粮草见效了。说到底，区区一个中小企业怎么能与银行抗衡？即使有个白痴融资课长帮他们忙，也没用！"

这说的是半泽。

"虽说闯过了审查委员会，但那家伙也就这点本事。"说着，和泉脸上露出令人厌恶的冷笑，"过不了多久，他就会知道自己几斤几两了。"

"这个好消息，可以拿来给宝田部长接风洗尘。"

明天下午宝田会来大阪出席会议。

"我们也可以向田沼社长报喜了。"

"只要杰凯尔和我行合作，今后还有数不清的大案子等我们去做。这次虽然辛苦，但也值得。"

和泉的表情，显得好像仙波工艺社被并购已确定无疑了一般。

第二天上午十点，伴野带着M&A初期合同赶往仙波工艺社。

"不好意思，还麻烦你跑一趟。"友之把伴野请进社长办公室，"请坐吧。"

他随意招呼伴野坐在沙发上，自己坐在沙发对面的扶手椅里。

"哪里哪里，我才要多谢您抽空见我。听说您最近为筹措资金的事费了不少神。前几日我也对您说过，公司的存续永远是第一位的，为生存下去选择最优解才是经营之道。"

"资金筹措的事，确实像你说的那样，费了不少功夫。哎呀，银行这地方真的堪比阎罗殿，最开始怀疑我们跟预谋性破产有关，说是有担保就给融资，好不容易找到了担保，又说什么来路可疑。"

"现在行内对合规问题很重视。"

伴野露出同情的表情。

"无论解释了多少遍我们跟预谋性破产无关，银行都不理会。这下我也没办法了。"

"好在还有这份并购提案啊。"伴野趁机引出话题，"看样子您终于想明白了，多谢。"

对伴野刻意用关西腔道谢的行为，友之并不领情。

"你不需要谢我。"他说。

"不不，对我们而言，您同意并购这件事本身就值得感激。"伴野说道。

"我可没说要答应并购。"

友之的话让伴野愣在原地。

"您这是什么意思？"伴野脸上的笑容消失了，"您不是说要谈并购的事吗？还有，您现在不是正为了资金问题发愁吗？"

"资金问题有半泽先生帮忙，我一点都不担心。"

"半泽怎么跟您说的我不知道，但融资申请是不可能通过的。"伴野说道，"社长，您应该接受并购才是。"

"是，半泽先生已经告诉我了，但申请结果不是还没出来吗？"

"还没出来……在这种情况下？"伴野忍不住轻笑道。

紧接着，他故作吃惊地说："这太愚蠢了，融资申请已经没戏了，贵公司的流动资金马上就要见底，这不是显而易见的吗？支行的融资课长难道想亲手把客户推进火坑吗？"

突然他脸色一沉，眼神也变得犀利起来。

"您应该接受并购，社长。机会不会再有第二次，您想错失它吗？"

友之缓缓地摇头。

伴野把膝盖朝友之的方向挪了挪。"社长，再这样下去，仙波工艺社会倒闭的。"

友之看着伴野，铁青的脸上孕育着怒意。

"看来是我说得不够清楚，我现在正式拒绝杰凯尔的并购提案。"

伴野像被钉子钉住的标本，浑身动弹不得。他连眼睛都忘了眨，一动不动地盯着友之。

过了片刻。

"您把我叫过来，就是为了拒绝我吗？"

自视甚高的伴野，眼中浮现出怒意。

"因为你们老是误会，有人就建议我找个机会说清楚。"

"那个人是谁？"伴野问道。

"是我。"

空气里突然响起一个声音，大门敞开的社长室门口出现了一个男人的身影。

"半泽！"

"打扰了，社长。"

半泽向友之打过招呼后，淡定地坐在了友之旁边的扶手椅上。

"你在胡闹些什么！"伴野正准备反击。

"胡闹的是你们吧。这句话，我原封不动地送还给你。"半泽冷淡地说。

"你再这么胡闹下去，仙波工艺社要是破产了该怎么办？"皱起鼻子的伴野狠狠地呼出一口气，"我行，可是在五木行长的带领下，积极推进此类并购案——"

"收起你那套冠冕堂皇的说辞。为了促成并购，你们竟然连融资部都打点好了。算了，跟你这种小喽啰也没什么好说的。仙波工艺社，有我拼尽全力保护，我绝不会让它破产。"

"就凭你？"伴野冷笑。

半泽从口袋里拿出一张照片，推到茶几上。

"这是什么？"

"有眼睛的都知道，这是照片。至于是什么照片，我也犯不着跟你解释。你把它交给宝田，问问他，为了这种东西就可以霸占别人公司吗？他今天应该会来大阪本部吧。"

"你怎么知道？"

伴野的瞳孔深处有什么东西动了动。

他又怎么知道，半泽早就从渡真利那里得知了宝田的动向。

"你一定要给他看，还有——跟他说，少看不起客户。"

"宝田部长不会放过你的！"伴野愤怒地喊道。

"你让他试试。"

半泽的眼中有火焰在燃烧。

"我告辞了。"伴野站起身，最后恶狠狠地冲友之说道，"社长，你会后悔的。"

2

"怎么样？仙波工艺社签合同了吗？"

在大阪营业本部，等待伴野归来的不只有发问的和泉，还有乘坐早上的新干线抵达大阪的业务统括部部长宝田。宝田看上去心情不错，跷着二郎腿，等待着伴野的回答。

"那个……"伴野支支吾吾道，"非常抱歉，本以为会得到对方的允诺，没想到等来的却是正式拒绝。"

"开什么玩笑！"

和泉拍了一下自己的大腿，那酷似烧水壶的秃脑袋瞬间变红，并且有越来越红的趋势。

"他们不是为资金问题伤透脑筋吗？都这样了为什么还不答应？你到底是怎么交涉的？"

"对不起，副部长。事实上大阪西支行的半泽也在，就是他在从中挑唆。还有——他不知道从哪里听说了我们打点融资部的事。"

"那个浑蛋。"

听到宿敌的名字，宝田立刻咬紧了牙关。

"他还让我转告宝田部长，让您别看不起客户——"

"他算什么东西！"宝田怒目圆睁，"这件事，我会告诉浅野君。"

"拜托您了。"伴野说道，"还有一件事——"

他不知道怎么开口，就干脆从公文包里取出一张照片。

"半泽交给我一张照片，让我转交给您。我也不知道是什么照片，您看，可以收下吗？"

"给我看看。"

宝田从沙发直起身子，拿过伴野犹犹豫豫递来的照片。

"什么玩意儿。"他嘟囔了一句。

片刻之后，他脸上的表情却越来越严肃。

伴野起初以为那是因为愤怒，但当宝田的脸缓缓转过来时，他却吓得倒吸一口凉气，宝田毫无疑问是慌神了。

"宝田，你怎么了？"和泉狐疑地问道。

此时，宝田才终于回过神来。

"关于这张照片，半泽说什么了吗？"他问。

"没有，他说没必要跟我解释。"

宝田目光炯炯的双眼再次看向手中的照片。

一定发生了什么事，但具体是什么，和泉不知道，伴野也不得而知。

"这是什么照片？"和泉终于发问。

"谁、谁知道啊，我也不清楚。"

宝田显然是在说谎，这让伴野感到震惊。这个身经百战的金牌销售，泰山崩于前而面不改色的男人，现在明显有点惊慌失措。

"他还说了什么？"

"他还在那儿逞英雄呢，说什么一定会守住仙波工艺社。"

"不自量力。"和泉骂了一句，心中的怒火抑制不住，"一个小小的支行课长拿什么跟我们斗。到最后资金链断裂，还不是要哭着求杰凯尔并购。我们干脆别管了，等他们求上门吧。"

和泉怒气冲冲，一旁的宝田却沉默不语。

不知道这沉默到底意味着什么。

"你觉得呢？宝田。"和泉问道。

"嗯，就这么办吧。"宝田心不在焉地回答道。

"这张照片由我保管。"

宝田将照片放进西装外套的内口袋。

"差不多该开会了。"他嘟囔了一句，从沙发上站起，匆忙结束了与和泉二人的谈话。

当天晚上，宝田与田沼约在餐厅见面。如此不适宜谈正事的餐厅也并不多见。

那是梅田站附近一家高级酒店的法式餐厅。田沼是店里的常客。餐厅的单人套餐不低于五万日元，再搭配高级红酒，这一晚的开销超乎想象。

宝田还没有告诉田沼今天出现的麻烦事。

他看准了时机。

"实际上，有件事想跟您好好谈谈，社长。"

宝田说出这话时，第二道菜的餐盘刚刚撤下。

"今天，支行的融资经理送来了这样的照片。拍的恐怕是那幅画，就是仙波工艺社里的涂鸦。"

田沼瞟了一眼，脸色越变越难看。

"你看吧，我就说了不能麻痹大意。"他那神经质的饱含怒意的眼神像针一样锐利，"他们知道了多少？"

"不清楚。"

这才是问题的关键。

半泽怎么会注意到只在仁科让与佐伯阳彦的书信里提过的涂鸦？也不清楚他了解到了哪一步，给宝田这张照片的用意是什么。

"怎么办？"田沼近乎责难地问道，"你不是说会赌上自己的银行职业生涯吗？万一那件事暴露了，你打算怎么承担责任？"

"我会想办法的。"宝田说道，"那个融资经理，可能只找到了涂鸦。"

这句话一点安慰效果都没有。

"并购怎么样了？"

这犀利的问题让宝田倒吸一口凉气。

"实际上——仙波工艺社正式拒绝了并购提案。"

田沼连眼睛都忘了眨，就这么直勾勾地盯着宝田。

不知过了多久——

"在这里自乱阵脚也解决不了任何问题。"田沼的确有种临危不乱的胆魄，"你去打听对方送这张照片的意图，问清楚之后，再做打算。"

"明白了。"

宝田轻轻点头，下意识地把红酒杯送到嘴边。吞进口中的酒失去了充斥口腔的浓郁芳香，也没有淡淡的酸味，仿佛只是红宝石颜色的白开水。

3

对支行长浅野的暴怒，半泽并没有放在心上。

"你这浑蛋，反省一下自己的所作所为吧！"浅野瞪着泰然自若地站在办公桌对面的半泽说道，"仙波工艺社的并购案早已列入业绩计划，业务统括部正准备把它作为成功事例推广到全行，你想让我丢脸吗？"

此时，半泽刚正式汇报完仙波工艺社拒绝并购提案的消息。

"仙波社长可是一次都没答应，将它变成既定事实的是业务统括部的莽撞。"

"你少把责任推给总行。"浅野越说越激动，"你以为行长会信你的说辞？业务统括部整理的报告已经提交给了行长，这哪是一句莽撞就能解决的。"

"那就要怪大阪营本的伴野擅自汇报了，又或者，是宝田部长亲自汇报的？"半泽回道。

"你敢说宝田部长的不是？"

浅野的怒意倍增，半泽却只是冷漠地盯着他看。

"听说，我提交给审查委员会的资料并没有体现在报告上。"

此时，半泽说了这么一句话。

"你、你说什么？"

浅野被怒意染红的眼底似乎有另一种情绪在摇摆。

"您知道是为什么吗？"

"那、那肯定是因为不值得汇报。"

浅野的脸上开始浮现出戒备的神色。

"审查委员会其中一人，也就是融资部野本部长代理负责会议记录。我听说，是宝田部长要求野本部长代理把这部分记录删除。"

"那不关你的事。"浅野顶了回去，"审查委员会记录什么也好，不记录什么也好，哪轮得到被审查的人说三道四。"

"明明是支行长为了练习高尔夫逃避祭典委员会，触怒了各位会长，审查委员会的报告却只字未提，反而写着'支行长因要事在身不得已缺席会议，挑剔的各位会长却借题发挥'，这是事实吗？"

"这、这种事，我怎么知道。"

"那么，这件事您知道吗？宝田部长向融资部打招呼，让他们对仙波工艺社的融资申请多多挑剔——"

"我不知道！"

"您或许不知道，但我在总行内有可靠的消息源，我可是知道得一清二楚。"

对话正往意想不到的方向发展，浅野连眼睛都忘了眨，一动不动地盯着半泽。

"只要我愿意，我现在马上可以对审查委员会的内容提出质疑。我也给总行里的几个朋友分享了提交给审查委员会的资料。至于我想质疑什么，您应该很清楚。"

"你、你想威胁我，半泽？"

"这可说不准了。但是啊，若要人不知除非己莫为。既然做了坏事，就要做好被人揭发的准备。"

浅野的双眼在恐惧中睁大，嘴唇开始颤抖。

"请您不要再阻碍仙波工艺社的融资申请，这笔两亿日元的融资有合理的授信依据。仙波工艺社的经营改革方案广受好评、具备可行性，担保也来路正当。既然条件齐全就应该获批。我不管宝田部长怎么为难您，总而言之，请您不要再用无聊的借口故意拖延了。"

"可不是我在拖延，是融资部——"

"只要你愿意交涉，融资部应该会批准。"半泽坚定地说道，"我行奉行现场主义。一线员工与客户直接接触，熟知客户的业务内容、业绩情况以及经营者的人品，他们的意见比什么都重要，这一点你也心知肚明。我希望，你用支行长的公信力去推进这单申请。身为主力银行，仙波工艺社需要的两亿融资理应由我行提供。只要你愿意完成本该由你完成的工作，我就不会把事情闹大。"

半泽的话在浅野心里起起伏伏，最终沉没下去。他思考了许久。

"你、你能保证吗？"

终于，他挤出这么一句话。

"当然。"

长年在总行工作的浅野自然知道半泽的人脉并非徒有其表的花架子，也知道半泽的指摘绝不是单纯的威胁。

在这一瞬间，浅野匡投入了半泽麾下。

"我可以走了吗？还有工作。"

"我再说一句，行吗？"

浅野叫住了已经转身的半泽。

"刚才业务统括部打来电话，说的是业务统括部主办的全国会议，届时要求各支行的支行长和融资课长出席。你听说了吧。"

"那又怎么了？"

"他们会从各区域挑选支行代表汇报业务案例。不幸的是，我们支行也被选中。业务统括部想让我们把仙波工艺社的并购案作为成功案例发表。"

"他们就是在用这种方式施压嘛，您可以拒绝啊。"

"能拒绝的话我早就拒绝了。"浅野眼神飘忽，不自觉地说出了心中的苦闷，"我该怎么办？行长也会出席会议，你要我在行长面前出丑吗？"

"您可以如实汇报嘛。就说为了促使并购案成功，宝田部长背后做了许多工作，融资部也很配合，对仙波工艺社的融资申请百般挑剔、反复施压，可惜，最后还是失败了。"

"这我怎么说得出口，要说你去说。对了，上台发表的人可是你，半泽课长，是你啊！"

278

"那么，您就别管了，我想怎么汇报就怎么汇报。"

半泽没有理会浅野恶狠狠的目光，毫不犹豫地走出了支行长办公室。

半泽的身影刚一消失，浅野立刻用颤抖的手抓起桌上的电话。通话对象自然是宝田。

接电话的秘书说宝田正在开会。

"请转告他事情紧急，我等他回电。"

浅野说完挂断了电话。不到十分钟，宝田本人便打来电话。

"出什么要紧事了？"

"半、半泽拿审查委员会的资料威胁我，说如果不照他的意思办，他就把资料公开。要、要是那样的话，可能会给宝田部长您添麻烦——"

"半泽的目的是什么？"宝田打断浅野，"他一定有目的，否则不会随随便便威胁人。"

不愧是常年交手的劲敌，宝田对半泽的行事风格了如指掌。

"他要我推进仙波工艺社的融资申请。他甚至连部长私下跟融资部打招呼的事都知道了。我想，融资部内部可能有人给他提供消息。"

"你的意思是，你要放弃仙波工艺社的并购案？你这个人，怎么没有半点锲而不舍的精神呢？"

浅野感到左右为难，紧握听筒的手不断地冒出冷汗，胃部像被人狠狠地往上拧。他想呕吐。

"但、但是仙波社长不同意并购——他的意愿很强烈……我实在没有办法……"

浅野的声音断断续续，因恐惧而发颤。

"我对你太失望了。"宝田的这句话像狠狠打了浅野一巴掌，"说到底，你根本不是半泽的对手。"

"我、我也想不到，他居然会这样威胁我——"

"那家伙，是讨价还价的天才。"没有想到，宝田说出口的居然是对半泽的称赞，"他一旦锁定了敌人，就会利用组织的规则和人脉毫不留情地将对方击溃。不管对方是你这个支行长，还是我。"

"给您添麻烦了，非常抱歉。"

浅野的道歉相当于投降宣言。

"喂，你可不能给我添麻烦，浅野君。"宝田冷冷地说道，"你就算要给半泽下跪，也得给我处理好这件事。还有，仙波工艺社并购案要是失败了，责任可全在你身上。"

电话挂断的那一刻，浅野的头无力地垂落下来。

"可恶，可恶！"

瞬间爆发的愤怒驱使他抓起桌上的文件用力往地上砸去。此时，门外响起了敲门声，江岛把脑袋探进来，看见满地散落的文件，吓得眼睛都瞪圆了。

"支行长，您没事吧？"

"吵死了！"

浅野在江岛身上撒完气，用双手抱住脑袋，久久没有动弹。

4

半泽走进中之岛大阪总部的会客室时，给他打电话的人正躺在扶手靠椅上，歪头思索着什么。

"我想跟你聊聊昨天的照片。"

半泽接到这通电话是在下午一点过后。

浅野应该汇报过早上发生的事，但宝田一个字都没提。他表明目的并得到半泽的回应后，抛出上午十点半这个会面时间，就把电话挂断了。

从大阪西支行所在的本町到位于中之岛的关西总部，有十五分钟的车程。

此刻——

"你居然敢威胁我们，好大的胆子。"

宝田用憎恨的目光瞪着走进来的半泽，一言不发地等对方在沙发上坐下。

"您好像误会了。我大体是相信人性本善的，但火星都溅到身上了，不掸开怎么行呢？"

"无聊透顶。"宝田说道。

他眼底的怒意冒出了红色火苗。

"不管你说什么，我都有办法把它抹杀掉。身为部长的我和区区一介融资课长，东京中央银行这个组织究竟会更信任谁呢？你最好掂量掂量自己的斤两。"

"劳您费心了，您叫我来，不是为了说这些吧？"

"你这家伙，永远不会在嘴上吃亏。"宝田骂道。

紧接着，他抛出了正题："我想知道，你为什么送那张照片给我，那是仁科让的涂鸦吧。"

半泽的眼睛眯了起来，狐疑地盯着宝田。

"你应该知道那不是仁科让的画。"

一瞬间沉默笼罩在房间内，两人都在暗中试探对方。

"那你说是谁的作品，《哈勒昆与皮埃罗》——"

宝田还没说完，半泽就抛出了"佐伯阳彦"这个名字。

"你通过仁科和佐伯的书信，知道了仙波工艺社地下室里有佐伯阳彦的涂鸦。现在市面上高价出售的仁科让的《哈勒昆与皮埃罗》，假如是模仿他人作品——"

"够了，我知道了。"宝田抬起右手制止半泽，直截了当地说道，"仙波工艺社不是正缺钱吗，我也不跟你兜圈子，我们有话直说。那幅涂鸦我买了，你们要多少钱？田沼社长那边，我去跟他谈。"

"真不凑巧，那是非卖品。"

听到半泽的回答，宝田的脸僵住了。

"那你是为了什么？"

"为了揭露真相。"半泽回答道。

对宝田而言，这应该是他能想到的最糟糕的回答。

"为了仁科让，为了他身后默默无闻死去的佐伯阳彦。《哈勒昆与皮埃罗》是这两人友情的见证，是一个名叫佐伯阳彦的画家曾经活在世上的证据。如果说给你的照片有什么用意，那也是对你们这些企图隐瞒真相的家伙发起的开战宣言。"

"你也是东京中央银行的员工吧。"宝田耐心地劝说道，"你要是这么做，身为仁科让知名收藏家的田沼社长可能会蒙受巨大损失。仙波工艺社是我行的重要客户，杰凯尔也是啊。保护它是我行员工的义务，也是在维护我们自身的利益，你不这么认为吗？"

"听上去真是大义凛然。"半泽讥讽地说道，"银行职员的工作有必须遵守的规则，你遵守了吗？"

"你说什么？"宝田警惕地眯起双眼，"你什么意思？"

"就是字面意思，宝田部长。"

半泽从椅背上直起身子，直直地盯着宝田，仿佛要将他看穿。"不管谁说什么，我都要把你做过的事公之于众。你等着吧。"

"等一下，等一下——"

宝田连忙拦住已经起身的半泽。"我不知道你在说什么，我只是想保护田沼社长的资产价值，这有什么不对？"

"真的只是这样吗？"

被诘问的刹那，宝田把嘴边的话咽了回去，他试探性地看了眼半泽，却什么也没说。

"啊，还有一件事——"半泽突然停下脚步，转头对宝田说，"听说 M&A 全行会议选中我们支行做汇报，能不能换成其他支行？仙波工艺社的案子已经没戏了，你之前可能想借此机会给浅野支行长施压，但现在已经没有意义了。"

"点名要大阪西支行汇报的不是我，是行长。"

宝田的表情有点苦涩。

"行长？"

"我以前报告过杰凯尔的案子由大阪西支行跟进，他好像记在心里了。说是想了解之后的进展，就把大阪西支行列入了汇报名单。"

"为了这个并购案，你到底做了多少违心事才搞出现在这个局面啊。"

"反正，你也不一定能参加。"

"你什么意思？"

宝田看着半泽，露出别有深意的笑容。

"我得给你一个忠告，有样东西是我有你没有的，知道是什么吗？——权力。调动一个小小的支行融资课长对我来说易如反掌，你可别忘了。"

"害怕人事调动的话，还怎么当上班族啊。"半泽笑了笑，压根儿不放在心上。

"有能耐你就试试，不过在那之前，宝田部长——"半泽的指尖戳到了扬扬自得的宝田眼前，坚定地说道，"我会拼尽全力把你击垮！"

5

"我跟业务统括部的人稍微打听了一下,全行会议的事,确实跟宝田说的一样。"

渡真利打这通电话是在半泽与宝田对峙的数日后。这天,气象台预报了梅雨季结束的时间,难波之城即将迎来真正的夏季。

"五木行长既然说了要把 M&A 视为将来的收益支柱,必然会关心全行的动向。大阪西支行因为参与了杰凯尔的业务,行长好像很有印象。"

"五木行长总是在奇怪的地方展现出惊人的记忆力。"

半泽还在企划部时就曾被领导赶去五木面前解说材料。那时,他常为五木对细枝末节的记忆力惊叹不已。

那些案例的共同之处就是都有一些经不起深究的"弱点"。如果说,敏锐地察觉到这些弱点也算经营能力的一种,那么,五木可以说是天生具备了这种能力。

"仙波工艺社案子流产的事，还没上报给行长吗？"

"关于这个——"渡真利的停顿似乎别有深意，"好像是宝田在阻止。你明白什么意思吗？大阪西支行，要做杀鸡儆猴的那只鸡，要在全行的支行长面前接受五木行长的斥责。如此一来，其他支行就会更加卖力地推进 M&A 业务。这招叫杀一儆百，大阪西支行成了替罪羊。"

这确实像宝田的所作所为。

事实上五木一旦大发雷霆，就有许多工作不便开展。毕竟，行内多的是平日伪装成理智绅士，本性却真正冷血无情的家伙。

"但是啊，这个光荣的使命能不能轮到你，还是个未知数呢。"

渡真利似乎意有所指。

"你是说人事调动？"

"聪明。"渡真利接着说道，"宝田向人事部告了你一状，说你无视行长的意愿妨碍支行业务，还有上次审查委员会的事。他建议为了支行业务能够顺利推进，尽快把你调走。你知道这意味着什么吧。"

"我终于要被免职了吗？那样也挺好。"半泽调侃道，"歪曲一个人的人事评价，还真是容易啊。"

"你说得没错，该告诉你的我都告诉你了，你可得好好加油。"没等半泽回答，渡真利便挂断了电话。

6

"但是，你不要紧吧，半泽先生。"

在那间被哈勒昆注视着的社长办公室，友之不安地看着半泽。"因为我们的事，半泽先生在银行的处境会不会越来越艰难？小春也很担心呢。"

友之身边坐着小春和会计部部长枝岛。半泽的身旁则是中西，中西手中拿着刚刚盖好印章的融资合同。

"您不用担心。"半泽表情平静，轻描淡写地回答道。

"如果没有半泽先生这样的人在，银行就彻底无药可救了。竹清老爷子也很欣赏你呢。"

听到友之的话，半泽不禁问道："竹清会长说什么了吗？"

"前几天，我们在土佐稻荷神社的集会上碰面了，他说受你不少照顾。"

"恰恰相反，是竹清会长一直在帮我。"

半泽笑容满面，友之却还是一脸严肃，他郑重地挺直脊背。

"半泽先生，还有中西先生，这次的融资，真的非常感谢。"

小春与枝岛也和友之一起，深深地鞠了一躬。

"您别这样。"半泽连忙制止，"我和中西，也只是做了身为融资经理应该做的事。"

"不，不是那样的。"令人惊讶的是说出这句话的却是中西，"为了仙波工艺社的两亿日元融资，课长真的豁出了性命，我也要向您道谢。"

中西也郑重地低下头。

"喂喂，怎么连你也……"半泽有点难为情地笑道。

"如果不是课长您，这笔融资绝不可能获批。"中西说道，"总行的人还有支行长，他们满脑子想的都是怎么促成并购案。是课长您跟他们硬碰硬，不遗余力争取到了这笔融资。从您身上，我真的学到了很多，也收获了勇气。"

"半泽先生真的在为我们战斗啊，多谢了！"小春再次道谢。

"你在银行要是有什么为难的地方，随时告诉我，半泽先生。"友之也说道，"我跟竹清老爷子打声招呼，让他再教训教训浅野支行长。"

"那倒不用。"半泽笑了。

他又收敛了笑容，正色道："我还真有件事想麻烦您。"

"你尽管开口，能帮的我一定帮。"友之爽快地答应道。

半泽提出了一个意料之外的请求。

7

"广告部收到一个采访申请，对方是《美好时代》杂志社的，说想和您聊聊仁科让的收藏品。"

每天早上，田沼来公司后都会和秘书开个碰头会。

"《美好时代》？"听到这个名字，田沼不由得反问了一句。

"那是仙波工艺社旗下的美术杂志。"

"我知道。"

秘书并不知道田沼计划并购仙波工艺社的事，这个项目是在极度保密的状态下进行的，能接触到信息的只有几位高层，秘书不在其中。

谁要接受他们的采访啊，田沼想。

恐怕《美好时代》编辑部也不知道田沼计划并购仙波工艺社的事，所以才贸然请求采访。倘若果真如此，这就是个令人意外的巧合。

"这是采访的企划书。"

秘书递来的文件第一页上写着几个大大的字——"仁科让特辑"。

"广告部那边认为《美好时代》影响力巨大，是最适合对外宣传社长收藏品价值的媒体。他们建议您接受采访，算是为明年春天开业的田沼美术馆做预热宣传。"

"行吧。"

田沼做决定从不拖泥带水。

"对方希望尽快与您见面，会面时间在一个小时左右。下周三和东西新闻三岛社长约好的面谈需要重新调整时间，您看，把采访安排到那个时间可以吗？"

"地点呢？"

"公司会客室怎么样？"

"不，让他们来我办公室。"田沼说道，"那里也有一幅《哈勒昆与皮埃罗》，不是更契合企划主题吗？"

"您的想法很棒。"秘书点了点头，把要点写在记事本上，"接下来，是和软盾公司乾社长开会的事——"

田沼的大脑还没来得及思考，话题就马上转移到下一个。《美好时代》上门采访的事就立刻被田沼遗忘到了角落。

等他再次想起，已经是采访当天的事了。

这次采访，透着一股与往常不同的古怪气氛。

明明是特辑采访，却没有出现摄影师等工作人员。只派两个人采访鼎鼎大名的田沼时矢也十分反常。

"感谢您抽出宝贵的时间见我们，我是仙波工艺社的社长仙波友之。"

"社长？"

看到对方拿出的名片，田沼时矢盯着他的脸看了许久，说不出话来。

"你就是社长……"

"没错，前些日子，劳您对敝公司费心了。"

"你是说——并购的事？"

"是的，正是。"友之满不在乎地笑道，"虽然辜负了您的期待，但我知道您对敝公司的工作还是十分支持的，非常感谢。"

"哼，原来是这样。"田沼的眼神有点不怀好意，"一边拒绝我的并购，一边跑上门来采访我，你们还真够厚脸皮的。"

田沼的话里带着刺。

"恰恰相反。"友之说道，"正因为有并购的事，我们今天才会冒昧来访。"

"什么意思？"

"让我来解释吧，我是东京中央银行大阪西支行的融资课长，敝姓半泽。"

"融资课长……"

田沼皱起眉头，估计是因为从宝田那儿听说过并购案的交涉经过。

"前几天我交给敝行业务部长宝田的照片，想必您已经过目。

就是那张《哈勒昆与皮埃罗》的涂鸦。"

"啊，算是吧。"田沼含糊地应道，他一边挥手请两人坐到沙发上，自己则在沙发对面的椅子上坐下。

"然后呢？"

"您知道那是谁的画吗？"

田沼只回了一句"不清楚"。

"您不知道？"

"我怎么可能知道？"

田沼像闹别扭一样笑着，看向半泽的眼神却满是戒备。

"那么，由我来解释吧。"

说着，半泽拿出了一张与先前一模一样的照片。

"仙波工艺社的办公楼曾经为一家叫堂岛商店的公司所有。两名前途无量、立志成为画家的青年曾经在那里工作，一位是田沼社长熟识的仁科让，另一位是名叫佐伯阳彦的画家。这位佐伯阳彦，您应该也知道吧。"

半泽盯着田沼的侧脸继续说道："这幅《哈勒昆与皮埃罗》，乍看之下似乎是仁科让的作品，但仔细一看，会发现在这里——"

半泽指着照片中的某一点。

"这里有作画之人的签名，H·SAEKI，也就是佐伯阳彦。在留学巴黎的仁科让画出《哈勒昆与皮埃罗》的三年前，佐伯阳彦已经用一模一样的笔触完成了这幅辨识性极高的流行风画作。仁科让画的《哈勒昆与皮埃罗》，只是对前同事佐伯阳彦作品的模仿——说得更直白些，是剽窃。"

"那也不一定吧。"田沼有点焦躁地说，"或许仁科让当时就有了《哈勒昆与皮埃罗》的构想，那个叫佐伯什么的人出于恶作剧的心态在他画的涂鸦下签了自己的名字。这也不是不可能呀。仁科让的《哈勒昆与皮埃罗》可是世界闻名的现代美术杰作。"

"您说得对。"半泽承认道，"所以，这才是问题所在。"

田沼不安地变换着跷起的左右脚，试图掩饰内心的慌乱。但他没有阻止半泽，显然对半泽接下来的话很感兴趣。

"目前仁科让的作品拥有怎样的价值和人气，这一点，您身为世界顶级的仁科让作品收藏家，应该是最清楚的。但是，假如仁科那幅风格鲜明的《哈勒昆与皮埃罗》并非原创，而是对他人作品的剽窃，那么这幅画的市值将会怎样呢？恐怕难以想象吧。有一种说法是，您在仁科让作品上的投资不低于五百亿日元。假如一切成真，这些画很可能贬值到只剩一半或者三分之一的价值。为了守住画作的价值，您必须全力掩盖仁科让剽窃的痕迹。您之所以并购仙波工艺社，就是这个原因吧。"

"一幅涂鸦而已，你想象力还真丰富。"田沼并不承认，"你假借采访的名义来见我，就为了说这个？我是不会善罢甘休的，你最好有心理准备。"

"佐伯阳彦是丹波筱山一家酿酒厂的二少爷，大约三十年前去世。那家酿酒厂至今仍悉心保管着佐伯先生的画作。"

半泽又拿出一张在佐伯酒造拍摄的照片，那是年轻的佐伯阳彦绘制的《哈勒昆与皮埃罗》。与墙上的涂鸦不同，这幅上好颜色的画与仁科让后来的作品如出一辙。

"这幅画是佐伯先生在美大读书时的作品，他一直把它放在出租屋里。仁科先生经常带着食物探望体弱多病的佐伯先生。当时看到这幅画的仁科先生，内心或许受到了强烈的冲击。他在巴黎走投无路时不由自主地想起了这幅画，于是，《哈勒昆与皮埃罗》便作为仁科让的作品问世了。"

此时田沼的表情蒙上了一层阴影，变得极为阴沉。

"我也不知道这件事对他们来说是幸还是不幸，但对于以仁科让收藏家这个头衔扬名于世的你而言，这一定是个麻烦的真相。所以，你才会派我们银行的宝田去佐伯酒造，试图买下佐伯阳彦的遗作。"

"你能回答我一个问题吗？那些事，我是怎么知道的？"田沼问道。

"应该是通过遗书吧。"回答他的是友之，"有传言说，仁科让去世时曾给关系亲密之人留下遗书。其中一封，应该留给了他的重要客户兼赞助商，也就是你，对不对？"

田沼没有吭声。

"由于亲属们的反对，你们与佐伯酒造的绘画交易进展得并不顺利。"半泽接着说道，"但是最近，你们得知仁科让和佐伯阳彦写给对方的书信被保留了下来。通过书信，你们注意到另一幅《哈勒昆与皮埃罗》的存在，就是那幅沉睡在仙波工艺社地下仓库的涂鸦。佐伯酒造那边，买下遗作和书信的事已经差不多谈拢了，对想要隐藏真相的你们而言，最后一项任务，就是隐藏那幅涂鸦。为此，田沼社长，你采取的措施就是并购仙波工艺社，我说得对吗？"

对半泽的问题，田沼已无力回答。

他把身体埋进沙发，浑身像虚脱了一样，眼睛一动不动地盯着地毯。

终于，他开口了：

"你们的目的是什么？"

开口的第一句便是质问。

"你们来这里，不会是为了告诉我这个真相吧。你们根本没必要特意跟我说这些，直接把刚才的话刊登在《美好时代》上岂不更好？"

"或许吧，但这么做会违背佐伯阳彦的遗愿。更重要的是，对你也没有任何好处。"半泽说道，"我亲眼见识过佐伯阳彦的画，也读完了他和仁科让写给对方的书信。我思考了很久，该怎么做才不算辜负这二人的友情。我今天来这里，是想提供一个解决方案。"

第九章　人事惩罚

1

"太好了中西，仙波工艺社融资获批，总算是赶上了。"南田举起服务员送来的啤酒。

中西跟他碰了杯，表情却闷闷不乐。

"你怎么了？高兴一点嘛。"前辈垣内拍了拍中西的肩膀，"我还担心要是赶不上该怎么办，结果最后关头形势一下子逆转，我都吓了一跳，你小子行啊。"

"不，不是我，是课长。"中西否认道。

他歪着头，一脸困惑地说："我还是想不明白。"

"浅野支行长之前那么反对，却突然打电话给融资部请求对方破例批准。在那之前，他还把课长叫去训斥了一顿，到底发生了什么事呢？"

"确实，我也觉得奇怪，课长怎么说？"垣内问道。

"他什么也没说。"中西依旧困惑地说道，"但我觉得不可能没有内情，支行长办公室里一定发生了什么。您知道什么吗？南田系长。"

"我也不清楚。"南田平静地说。

他看着注视着自己的部下，叹了一口气。

"系长也不知道吗？课长什么都不说，也太见外了吧。"垣内埋怨道。

"不是那样的。"南田接着说，"他不告诉我们，是为了保护我们。"

"保护我们……"中西喃喃自语，"这是什么意思？"

"中西，还有其他人，你们都给我记好了，银行职员一旦知道了内情就必须承担责任。所以，有时候什么都不知道也许是好事。课长是为了保护我们，才把那些肮脏的工作揽在自己身上。"

"课长究竟在和什么对抗呢？"

中西显得有点坐立难安。

"能够让浅野支行长的态度发生那么大转变，他一定卷进了一场庞大的权力斗争。"

"具体情况我不清楚，但我总觉得，课长博弈的对象可能包括总行的某些大人物。"

"话说回来，今天课长人呢？"垣内像突然想起什么似的问道，"真少见，他居然会缺席课内的聚餐。"

"今天立卖堀制铁的本居会长请他吃饭，他要我向你们说一声，看，他还给了活动经费。"

南田从前胸口袋掏出一万日元的纸币，垣内等人连连惊呼。然而，南田的表情却突然变得阴郁起来。

"怎么了？"垣内问。

南田犹豫了一会儿说："我还是告诉你们吧。实际上，人事部有我的熟人，那家伙私下跟我说，课长可能要被调走。"

"半泽课长是去年十月到任的，在这儿待了不到一年。"中西吃惊地说道，"有这么快调走的吗？"

"难道说，这跟拒绝仙波工艺社并购案有关？"垣内小心翼翼地猜测道。

中西难以置信地抬起头。

南田接着说道："把M&A作为银行未来发展的重点项目是五木行长制定的方针。这次的全行会议，行长似乎打算亲自出席，为M&A项目再助推一把。听说业务统括部认为，这次并购案之所以失败，全是因为半泽课长不配合的态度，这等同于忤逆了行长的方针。这事如果放任不管，行内管理上也会有诸多麻烦。业务统括部似乎向人事部施压了，要求他们严肃处理。"

南田露出一副难以释怀的表情。

"那么，课长所谓的人事调动……"

"相当于人事惩罚。"

南田艰难地吐出这几个字。

"那都是借口！"中西咬紧牙关，"拒绝并购是尊重仙波工艺社的意愿。相反，总行为了促成并购故意卡着客户的融资申请，这种做法才更有问题吧。"

"这就是所谓组织的逻辑。"南田说道,"这次,总行的所作所为确实过分。但那帮家伙高举的是'行长方针'这面大旗,浅野支行长也跟他们串通一气。唯一为客户殚精竭虑的半泽课长的确可能被扣上'违抗组织方针'的罪名。"

"那样的话,我也是帮凶。"中西说,"课长打算一声不吭地被人冤枉吗?"

"我不知道。"

南田流露出一种上班族特有的哀愁。

"不过,你不用担心,没有人会追究你的。"

"为什么?"中西问。

"因为,半泽课长一定会保护你。这一点我敢保证,他绝不会为了组织歪曲的理论伤害自己的下属,他就是那样的人。"

"敌人多朋友也多——总行的家伙是这么评价半泽课长的。"垣内说道,"但是,他的朋友多数不站队,只会在暗中支援。"

"用肮脏手段强行促成并购的家伙反而毫发无损,天底下怎么能有这种事?我接受不了。"

中西愤愤不平地瞪着南田。

"我也无法接受啊,但你我都是上班族,你也可以通过这次的事,好好学学怎么在这个职场生存下去。"南田能叮嘱下属的也只有这些,"命悬一线之时,半泽课长会怎么做,你们就用自己的眼睛好好看着吧。"

2

　　"但是，事情居然会变成这样。"和泉不甘地咬着后槽牙说道，"真叫人不甘心，浅野为什么会助推仙波工艺社的融资申请？这跟说好的不一样啊。只要再等一段时间，仙波工艺社一定会举白旗投降的。"

　　"浅野，被攻陷了。"

　　只剩两人的会议室里响起宝田刻意压低的声音，和泉的表情立刻从震惊变为疑惑。

　　"被攻陷……？"

　　和泉琢磨了一下这句话。

　　"为什么？你该不是想说他被半泽说服了吧？"

　　"说服这个词不太准确，硬要说的话——是威胁。"

　　宝田瞟了一眼手表的指针，距离面谈开始还有十分钟的时间。

"审查委员会不是隐瞒了那家伙上高尔夫培训班的事吗。半泽不知从哪里听说了这事，拿它做文章呢。"

"半泽吗？"和泉愤恨地把后槽牙咬得嘎吱作响。

他的脸色唰的一下变白，也是因为了解到事态的严重性。

"这件事要是公开，我们也会有麻烦的，不要紧吗？"

"那家伙可是忤逆行长经营方针的叛徒，他能做什么？"宝田瞪着前方虚无的空气说，"浅野也是个蠢货，半泽要攀咬审查委员会的报告就由他去嘛，他还能翻出什么浪来。"

宝田的眼里，愤怒的火焰正在跳动。

和泉意识到那并不是针对浅野，而是针对半泽。

"半泽会就此收手吗？"和泉不安地问道。

"你不要告诉别人。"宝田压低声音说道。

"只要把他调走，无论那家伙嚷嚷什么，都不过是丧家之犬的远吠罢了。所以我已经提前跟人事部打好招呼了，要把那个忤逆行长意愿的融资课长立刻外调。"

"人事部怎么说？"

"他们说会马上讨论，研究处分决定。"

"那个杉田居然会听你的。"

人事部的杉田是公认的"银行良心"，他对任何人都不偏不倚，以处事公允著称。

"杉田那边，我请田所常务打了招呼。"

"田所常务？"

和泉盯着宝田，难掩惊讶之情。

田所是银行的常务董事，负责管理包括人事在内的所有事务，相当于人事部部长的顶头上司。

"田所常务听说这事后可是勃然大怒，说居然有人敢违抗行长的经营方针，简直不像话。田所常务指示了杉田要从严惩处。"

"如此一来，杉田也不得不去做了。"

"那家伙差不多也该考虑下一个职位了，是一跃成为银行董事，还是黯然下台，全在田所常务一念之间。"

"原来如此，那就好。"和泉露出令人生厌的笑容。

"如此一来，半泽也就没戏唱了。并购的事，也许还能搏一搏。"

"但愿如此吧。"

仙波工艺社并购案遭遇暗礁，两人今日到访，是想尽可能安抚田沼的情绪。

此时，门外响起了敲门声，田沼的秘书走了进来。

"让二位久等了，田沼想见你们，请随我来。"

两人起身，跟随秘书走过通往社长办公室的走廊。

"社长，这次并购案，因为对方的原因没能帮上您的忙，实在抱歉。"

宝田深深地鞠了一躬，并保持这个姿势一动不动。旁边的和泉也和他一样，静静地呼吸着社长办公室内令人窒息的空气。

然而——

"啊，既然如此，那就算了吧。"

田沼的话太过出乎意料，让两人吃了一惊。

"并购仙波工艺社的事，到此为止。"

宝田目瞪口呆，和泉也愣在原地。

"但是社长，我们已经交涉了那么久，仙波工艺社今后还是有可能答应的。我们不要就这么放弃，见机行事怎么样？"和泉积极地劝说道。

"我不是说了到此为止吗，少啰唆。"

宝田疑惑地看着田沼，他今天的态度十分反常。

这个人一旦看中什么，一定会想方设法据为己有。相信金钱无所不能，执着于利用身份和地位满足自己的欲望，这才是田沼时矢。

"宝田部长——"面对满脸惊讶的宝田，田沼突然发问，"老实说，我现在已经对眼前的状况束手无策了，你有什么想法？"

这个问题让宝田感到意外。

"我能把这事放心地交给你们吗？现在这个局面，你们有什么解决措施？我想知道这个，给我些建议。"

"我们……会开展各项工作。"宝田能说的只有这种模棱两可的套话。

"各项工作？什么时候能看到成果？美术馆的买家找到了吗？事情的进展真的顺利吗？"

这连珠炮似的提问让宝田的内心越发疑惑。

今天的田沼，与以往有些不同。

虽然感觉违和，但却找不到违和的原因，这种异样感，让宝田无法保持冷静。

"社长，请您相信我们。"宝田一边悄悄观察着田沼的表情，一边说道，"我们甘愿为杰凯尔粉身碎骨，一定会竭尽全力满足您的愿望。"

"嘴上说得好听有什么用？"田沼冷淡地说，"我要的是结果，明白吗？你们要是真有本事，就证明给我看，否则——"

突然响起的敲门声打断了田沼关键的后半句。

"社长，快到时间了。"

"知道了。"听到秘书的话，田沼从沙发上站起身。

面谈中途结束，只留下一种有始无终的感觉。

"今天的田沼社长，和平时不太一样啊。"

一走进电梯，和泉就说了宝田心里想的话：

"你知道什么吗？"

"不知道。"

宝田摇了摇头，眼神聚焦在虚空一点。

"没什么好在意的，一切都很顺利。"

这句话更像是宝田说给自己听的。锃亮的电梯墙壁映出二人的身影，宝田怒视着自己的影子。

眨眼间，电梯厢便到了一楼出口处。电梯门打开，二人朝外走去。梅雨季尚未结束，两名银行职员立刻被包裹进湿重的空气里。

3

　　"明天，你的人事安排就会定下来。"

　　渡真利并不看半泽，而是笔直地目视前方，侧脸严肃的表情显示当前的情势已刻不容缓。

　　这是进入八月份后，他们第一次在"福笑"见面。夏末刚刚捕获的海鳗搭配酸梅肉食用异常美味。

　　这天渡真利和往常一样，在大阪营业本部开会开到傍晚，下班后就径直来到"福笑"。

　　"然后呢？到底要把我发配到什么地方？"

　　半泽的语气云淡风轻，似乎根本不把人事调动放在心上。

　　"人事部给你准备的，是你的老家。"

　　半泽的老家在金泽。

　　"金泽支行也不坏啊。"

"不，是金泽支行的客户。"

这算外调。

"明天人事部会召开内部会议，由人事部部长杉田做最终判断。就连处事公允的杉田部长好像也被宝田疏通了关系。"

"疏通关系啊。"半泽笑道，"宝田是让浅野告我状了吗？因为我的无能妨碍了支行业绩？"

"比那个还糟。"渡真利说道，"听好了，现在，你可是无视行长经营方针、破坏银行内部管理的反叛分子。田所常务对此非常愤怒，这是宝田精心设下的陷阱。"

"对宝田来说，算做得不错了。"

半泽笑得连肩膀都在颤抖。

渡真利看他这个样子不由得怒从心头起。

"现在是你笑的时候吗？"

半泽说道："如果杉田部长经过判断后还认为我应该外调，那我会高高兴兴接受安排。

"这种愚蠢的组织，待下去也没有任何意义，还不如去一个新地方，开拓属于自己的人生。"

"可这个组织需要你。"渡真利的语气和以往不同，带着迫切感，"别人不敢说的话你敢说，别人做不到的事你能做到。你知不知道，我们这些同期因此受到了多大的鼓舞？正因为有你在，我们才能对这个组织抱有期待。"

"你这么看得起我，真叫我惊讶。"

半泽笔直地盯着前方，脸上没有半分笑意。

"但是，倘若没有自净功能，一个组织就算走到头了。这次，经受考验的并不是我，而是东京中央银行。"

4

"你来啦，多谢。"

竹清说完，向周围扫视了一圈，试图寻找平时跟半泽一起来的人。

"今天只有半泽先生一个人吗？"

"对，在这里扫扫地，感觉自己的内心也被清扫了一遍，能让人平静下来。"

"是吧，我也这么认为。"

竹清用脖子上的毛巾擦了把额头的汗，眺望着清晨空旷无人的土佐稻荷神社。

"稍微休息一下吧。"

半泽与竹清并排坐在一旁的长椅上。竹清喝了一口自己带来的水，突然看着远方，讲起了从前的事。

"以前我家很穷，父母竭尽全力也只能供我读完高中。高中毕业后，我去了一家小型钢铁厂工作。但在我工作到第十个年头时，那家钢铁厂却突然倒闭。我差一点就要露宿街头，幸好当时有愿意帮助我的客户，我就自己开起了钢铁厂。从那以后，我不分昼夜拼了命地工作，回过神来时，才发现自己已年过花甲。那时我才意识到，一直以来我脑子里想的都是如何把公司做大做强，地区的贡献啦，志愿活动啦，这些我想都没想过。托公司的福，钱我赚了不少，但仔细想想，这样的人生也挺寂寞的。"

竹清动情地说着陈年往事。

在半泽的眼中，竹清的侧脸有一种长年努力度过充实人生的人特有的从容不迫。

"我决定从今往后不再为公司而活，而是要为这个世界而活。于是我做了这里的氏子，和当地的居民交流，每天想着能为这些人做点什么。渐渐地，我的内心竟然感受到了前所未有的充实。人不要光想着自己，为他人着想也是一种金钱买不到的幸福。

"后来，你开始参加我们的祭典委员会。听别人说你为了帮助仙波工艺社不惜跟银行抗争时，我真的很欣赏你。人为了自己的成绩拼搏是理所当然的，但为了客户去做一些吃力不讨好、还可能得罪公司的事，却不是那么容易的。"

"您把我说得太好了。"半泽盯着脚底，嘴角浮现出温和的笑容，"我只是做了理所应当的事。仙波社长并不想卖掉公司，那些强迫他的人才不应该吧。"

"只有长期与客户面对面接触的人，才能说出这样的话。"竹清评价道，"现在的银行职员都是些向内看的家伙，只要是公司的方针、上司的命令，他们就无条件地服从，根本不管对错。但是，你和他们不一样。在评价作为银行职员的你之前，作为一个普通人，你也是值得信任的。正因为我信任你，才会告诉你我一直以来的思考，才会在遇到困难时找你商量。你也没有辜负我的信任，这是可以带到新工作去的礼物。"

竹清的玩笑话让半泽十分惶恐。

"我才要感谢竹清会长您，真的受您照顾了。实际上，我今天来这里就是为了向您道谢。"

"我听说你可能会被调走。"

虽然不知道他是从哪里得知的，但竹清消息之灵通还是让半泽感到吃惊。

半泽不由得看着竹清。

"我很想为你做点什么，但我们的能力毕竟有限，再怎么样也左右不了银行的人事。"

"您有这份心意，我就满足了。"半泽再次道谢，"还不知道我的后任是谁，万一有什么紧急情况，我想把之后的事托付给南田，没问题吧？那件事我还没跟他说，他要是知道了，一定很惊讶。"

"你真的甘心被调走？"竹清吃惊地问道，"银行这地方真奇怪，像你这样的人才，待在银行倒是浪费了。"

"感谢您的抬爱，但我是这个组织的一员，已经做好了最坏的打算。"

半泽说完后抬头看着万里无云的晴朗天空，气温大概还会一路攀升，直到正午。今天又是难波特有的闷热的一天。

清晨的蝉鸣像阵雨一般席卷大地。

5

中西抬头看了眼墙上的挂钟，时针刚刚指向十点。他又叹了口气，已经记不清自己在这一早上叹了几次气了。

办公桌上摊着写了一半的文件，中西却没有心思继续写完它。坐在他身后的垣内也是一样的情况。大家都坐在自己的工位，没有一个人外出，这种景象的确少见。

"今天大家怎么了？"半泽意识到不对劲，疑惑地问道。

坐在他前方的南田站了起来。

"对不起。"南田道歉，"是我说了不该说的话。"

"不该说的话？"

南田认真地看着半泽。

"我听说是今天，今天上午，人事部要召开内部会议，讨论课长的——"

"啊，你们是在担心这件事啊。"

半泽连手中的笔都没有放下。

"别担心。顺其自然吧。"说完，他再度把视线落回看了一半的文件上。

"怎么能不担心呢？"

听到半泽的声音后，坐立难安的中西索性起身，快步走到半泽的办公桌前，然后不甘心地问道："为什么半泽课长要被调走？我完全接受不了，仙波工艺社的并购案，原本就是大阪营本在强人所难。到头来，为什么会——"

"别激动，别激动。"半泽劝道。

他抬起头，看着聚拢到自己身边的下属们说道："看上去奇怪的事往往另有隐情，有些人之所以把我当成眼中钉，也是因为背后藏着见不得人的事。"

"那些不合情理的事究竟是什么？课长，您知道吗？"中西问。

"过不了多久，大家都会知道的。"

半泽并不打算透露更多。

"课长，您已经把这些跟人事部说过了吧。"中西皱着眉头，担忧地问道。

"没有。"半泽摇摇头说，"没必要说。"

"可那样会对课长不利啊。"

"要是仅仅因为这些就把我外调，说明东京中央银行不过如此。好了，不要再担心我了，快回去工作。"

被半泽劝说后，众人才不情不愿地返回自己座位。

"但愿不会让这些年轻人失去干劲。"南田望着众人的背影喃喃自语。

接着他又不安地看向半泽说："课长，如果有什么变动请一定告诉我。话说回来，这是什么？"

南田发现了半泽桌上的护身符。

"是土佐稻荷神社的吗？"

"这是今天早上竹清会长给我的，他要我试过后告诉他，这个护身符是不是真的对人事调动灵验。"

"那位会长真爱开玩笑。"

半泽只是笑了笑没有回答，他把视线再度转回已翻开的文件上。

6

上午十点前，人事部部长杉田走进了会议室。

参会成员已经到齐。

他们是负责本次案件的人事部副部长野岛、次长小木曾、关西区域调查员增川，还有业务统括部派来的推进 M&A 的负责人——次长江村。江村并非会议正式成员，只作为旁听者出席会议。以能言善辩著称的江村是宝田送来的"刺客"，他的任务是在人事部众人面前把业务统括部的意见主张到底。

"距离开会还有一点时间，既然大家都到齐了，我们就开始吧。"

主持会议的小木曾迅速切入了正题："我部收到业务统括部的投诉，说大阪西支行融资课长半泽直树存在重大问题。今天会议的主题就是讨论半泽的处分问题。首先，请江村调查员重新对本案进行说明。"

"那么，接下来由我向各位说明。"

江村拿着资料从座位站起，他的声音在并不宽敞的会议室内显得尤为洪亮。

"众所周知，我部在行长的经营方针的指导下，正在举全行之力推进 M&A 业务。在此期间，我行重要客户杰凯尔曾委托大阪西支行协助办理一起并购案。大阪西支行本应积极处理，可负责此案的半泽课长却表现出不配合的态度，致使原本十拿九稳的并购项目中途流产，这不得不说是严重失职。该支行前段时间还出现了客户大量出走的事故，总行为此甚至设立了审查委员会。这一系列的问题都与半泽课长脱不了干系。如果放任不管，非但会导致该支行业绩显著恶化，还会损害与客户的信赖关系，为将来埋下祸根。

"为避免出现以上事态，应尽快将半泽直树调离该支行，抽调更能胜任该岗位的人才加以补充。倘若立刻进行人事更迭，大阪西支行本年度业绩依旧有望提升。宝田派我来这里，是为了请求人事部做出明智判断，为弥补我行管理疏漏，完善管理体系，请杉田部长明察。"

"我来补充刚才提到的审查委员会。"小木曾接过话头，"我也作为审查委员出席了那次会议。半泽曾参与客户集会，却对现状认识不清，乐观估计了客户的不满情绪，导致客户大量出走。虽然该支行员工的集体谢罪最终平息了此次事件，但半泽课长显然缺乏作为融资课长的资质与能力。据浅野支行长说，客户对半泽课长的所作所为不满已久，他也为此伤透了脑筋。"

对小木曾的支援，江村十分满意。

"您意下如何，部长？"

抱着胳膊、闭着双眼的杉田，听到小木曾提问才终于把眼睛睁开。他扫视了一圈在场的下属们。

"有人反对吗？"

杉田提出的问题最终也无人应答。

"什么意思？所有人都赞成这个人事安排吗？"

杉田说完看了一眼手中的人事资料，轻叹一声后，又将它们放回桌上。

"田所常务不知从什么地方听说了这件事，他认为忤逆行长的经营方针的确荒谬至极，理应从重处罚。"

听到田所的名字，江村和小木曾不约而同地表露出得意的样子。

"如果你们汇报的情况属实，我也赞成这么处理。"

"那么，免去半泽大阪西支行融资课长的职务可以吗？"小木曾立刻说道，"由我来草拟后任者的候选名单。关于半泽的去向，我认为金泽支行的客户——加贺地产比较适合，那是一家房地产公司，那里的外调人员即将退休，可以把半泽调去那里。我正在让金泽支行帮忙确认客户意向。"

"喂，小木曾，没必要这么着急给半泽扣上失职的罪名吧。"

杉田此话一出，小木曾有些惊慌。

"但是，部长，业务统括部和浅野支行长也是同样的意见……"

"这个我知道。我现在想问的是，你们的报告是否属实？"杉田提出质疑，"至少，前段时间审查委员会的报告里可没有写半泽的坏话。你们提交的报告里写的是'爱挑剔的客户在故意找碴'。到底哪个才是真的？"

"啊，那个，那个是——"

被抓住漏洞的小木曾慌了神。

"审查委员会也希望半泽改过自新，所以采取了更加温和的处理方式。"

"也就是说，你们报告上写的根本不是事实，这算什么审查委员会？"

杉田的斥责让小木曾咬紧了嘴唇。

"江村君。"接下来，杉田的目光转移到了江村身上，"你刚才说，半泽对并购案表现出不配合的态度。那么事实上，被并购方同意被并购吗？"

"那是当然。"

江村再次起立，他似乎对这个问题早有准备，立刻滔滔不绝地回答起来。

"被并购方是一家名叫仙波工艺社的出版社，社长曾表示会积极考虑并购提案。事实上，该公司的业绩状况正在恶化，被杰凯尔并购有助于业绩恢复。半泽本应协助社长做出正确选择，但他却导致项目流产，身为融资课长显然是失职的。"

"被并购方的社长对并购案持积极态度，这是真的吗？"杉田问道。

"对那种半死不活的公司来说，这可是求之不得的好事。"

"但是，支行里不是还有支行长和副支行长吗？如果社长持积极态度，项目怎么会流产呢？假如你所言非虚，并购案应该成功啊。"

"这正是问题所在。"江村显然有备而来，"我部已注意到仙波社长对并购方案逐渐失去兴趣。作为融资课长，半泽本应极力说服客户。"

"是这样吗？"杉田质疑道，"是否接受并购，决定权并不在我们这里，而是在客户手上。经营者通常会做出最优选择。不管半泽是如何说明的，从结果来看，假如客户拒绝并购，作为一种经营判断也是值得尊重的。我看，你们只是想把自己的不如意怪罪到半泽身上罢了，是不是？"

"如果都照您的意思，银行的业绩可就无法提升了。"江村反驳道。

杉田用锐利的眼神剜了江村一眼，立刻从手头的资料里取出一沓信封，缓缓地抽出信纸。

"这是大阪西支行客户——立卖堀制铁的本居会长寄给我的亲笔信，我昨天收到的。信上说他本人受了半泽不少照顾，说半泽是个不可多得的人才。本居会长认识的许多经营者也对半泽赞赏有加、十分信赖。这跟你们的说法很不一样啊，小木曾君。"

"那个，那个是——"小木曾惊慌失措地思考着借口。

而杉田的质问却没有停止，他拿出另一封信说：

"这封是仙波工艺社社长仙波友之和企划部部长春女士寄来的信。"

"为、为什么，部长会收到那些信？"小木曾问道，话语中难掩内心的慌乱。

"大阪西支行的员工们似乎太过担心半泽，就拜托本居会长和仙波社长为半泽求情。仙波社长的这封信里事无巨细地描述了并购案的交涉经过。托这封信的福，我可以很肯定地说，江村君，你那些单方面的投诉完全是在扭曲事实。"

江村尴尬地低下头，再没说一句话。

"人事决定着上班族的人生，所以，人事必须公平公正。"

杉田展示出了长年工作在人事岗位的银行从业者的专业素养。

"老实说，你们今天给我出示的资料、证言，全是些模棱两可的东西，根本不足以取信。如果仅凭这些牵强的理由毁掉一名兢兢业业的银行职员的人生，那么东京中央银行这个组织就将彻底堕落下去。你们能心安理得吗？我作为人事部部长，绝不允许这样的事发生。还有——"

最后，杉田对那名年轻的说客说道："不要再为了你们的银行政治利用人事部，听明白了吗？"

说罢，杉田准备起身离开。

"请等一下。"江村还不肯罢休，"田所常务的意见要怎么办呢？您刚才说了，常务希望从重处罚。"

"常务那边由我去解释。我再多说一句，江村君。"杉田说道，"就因为你们老是做这种肤浅的事，才会被当时还在企划部的半泽驳斥得哑口无言。你转告宝田部长，这次的事我就不追究了，希望他好好反省。"

杉田的语气虽然平静，却透露出他内心强烈的怒意。

江村被杉田的气势震慑，竟找不出一句话来反驳。

"这件事到此为止。"

会议室陷入不愉快的沉默之中。杉田离席之后，被歪曲的事实的残骸就那样七零八落地遗留在桌面上。宝田的奸计，被彻底识破了。

7

那通电话打到半泽工位上时，还不到上午十一点。

"是，我是半泽。"

下属们似乎也察觉出那是总行打来的内线电话。所有人停下了手头的工作，转过身子，竖起耳朵听半泽讲话。

"由于杉田部长的极力反对，人事调动取消了。"渡真利汇报道。

"是吗？那太遗憾了。"半泽平静地答道。

"开什么玩笑！你这次真的很危险啊。"

"或许，是土佐稻荷神社保佑了我，我得跟本居会长道谢。"

中西握紧了拳头，垣内朝半泽的方向鼓起了掌，南田长长地吐出一口气，像是放下了心底一块大石。

"半泽直树居然求神拜佛，这世道算完了。"渡真利深感荒唐，"总而言之，你这次是被'银行的良心'救了。就是这么回事，详细情况下次再说。"

与渡真利的短暂通话就这样结束了。

"不予调动？"

听到江村的汇报后，宝田响亮地咂了咂嘴，猛然从座位站起。表情眼看着越变越僵硬。

"你是说，杉田拒绝了我们的要求？"

宝田自视甚高，又长期活跃在银行一线，因而总不把人事部放在眼里。他认为人事部不过是些内务官僚，平日不事生产，只能靠给浴血奋战在前线的银行职员评评分数来寻求存在感。那帮不能带来收益的家伙，居然敢拒绝来自银行一线职员的强硬请求。

"这么荒唐的事我能忍吗？"宝田咆哮道，"这个组织居然把权力交给那些只会纸上谈兵的内务官僚，也不过如此。"

"我和小木曾次长已经解释了把半泽外调的理由。"

江村把和杉田的对话复述了一遍，宝田猛地把桌上的文件资料用力揉作一团，朝虚空掷去。他默默喘着气，肩膀一耸一耸的。江村则蜷缩着身体，连大气也不敢出。

"可恶，杉田这个浑蛋，别以为我会就这么算了。"宝田愤恨地嘟囔道。

他瞪着房间一角，吩咐江村："你去准备全行会议。"

"大阪西支行的发言该怎么办？项目已经流产了，要跟五木行长说明——"

"没有更改的必要。"宝田斩钉截铁地说道，"让他们发言。人事部不动手的话，我唯有亲手把半泽送上断头台了。是那帮家伙的无能导致银行错失了重要的并购项目，我要让他们在行长面前出丑。"

宝田从椅背上坐直身子，吩咐道："人事部不做，就由业务统括部来做。这次的全行会议，就是对那个可恶的半泽的公开处刑。明白了吧。"

江村简短地应了一声，退出门外。直到他的背影消失在视线外，宝田才重新朝座椅后背靠去，嘴角露出令人不寒而栗的笑容。

终章　想成为哈勒昆的男人

1

"业务统括部好像对人事提案被驳回的事相当恼火，你要小心啊，半泽。"

在"福笑"的吧台上，渡真利正对开胃小菜沙钻鱼海带卷伸出筷子。

"你叫我小心，可这东西根本没办法小心。这种话跟'当心落石'的标语有什么两样？别说了。"

说罢，半泽便安静地喝着烧酒。那是他常喝的"驮场火振^①"。

"不，有办法提前防范。这次的全行会议要求支行长和融资课长出席。宝田正摩拳擦掌呢。"

"是吗？"半泽用一种置身事外的语气说道，"他还真是费

---

① 一种栗子烧酒。

心了。"

"你这家伙，知道我们这些周围的人有多担心吗？"

"我很感动啊。"半泽说。

"就这些？"渡真利不满地说道。

"这次也是杉田部长救了你。如果人事部部长不是杉田，你小子现在，可就在金泽的某个中小企业整理发票了。"

"整理发票，我可是很擅长的。"

"谁跟你说这个了。"渡真利责备道，"整理发票的工作谁都能做，但有些工作，却非你不可。"

接着他又压低声音说："偷偷告诉你，业务统括部内部都在传，说这次的全行会议是对你的公开处刑。"

"是吗？他们要给我上炮烙吗？"

"就算不是炮烙也会把你烧成火球，而且，还是在行长和各支行代表面前。"

渡真利又把声音压低了少许，有点畏惧地说道："宝田打算一口咬定是你的消极态度有问题——别插嘴，听我说。"

他制止了想要反驳的半泽。

"我知道你也有你的说法，仙波工艺社的社长对并购案没兴趣之类的。但是，五木行长可不是吃这套的人。他这个人只注重实绩，没那么多闲工夫听失败的理由。你自己也知道吧。"

"你说得没错。"半泽把威士忌酒杯送到嘴边。

"所以啊，"渡真利用严肃的语气接着说道，"你得好好想想，怎么才能在五木行长面前解释清楚这件事，争取把伤害减到最小。

如果你坚持主张这个 M&A 案件一开始就没戏，可能会死得很惨。他们也让我参加全行会议了，我可不想看到你在众人的围观下被活活'烧死'。你得想办法，半泽！"

渡真利小声喊了起来，表情异常急切。

"喂，全行会议是什么东西？"

那天晚上，小花似乎一直在等半泽回家。

"为什么问这个？"

半泽有点惊讶，不由得停下松领带的手。小花对半泽的银行工作向来不关心，以前从没问过这种问题。

"宿舍楼的太太们都在私下议论呢，说这次的全行会议你要吃苦头了。连友坂先生的太太都这么说。"

小花与友坂家关系亲密。因为友坂的妻子和小花一样都不是银行职员。银行职员的妻子，大多以前也是银行职员。

"那就是一个把全行支行长和融资课长召集起来汇报业绩的会议。"

半泽从冰箱里拿出冰麦茶。麦茶穿过喉咙的感觉很舒服。从车站走到员工宿舍需要十多分钟，时间虽已接近晚上十点，白天的余热却依旧没有消散。

"老公，你究竟做了什么？"小花半是责备地问道。

"我没做什么呀。"

"没做什么怎么会吃苦头？一定是你搞砸了什么，别人才会这么说。"

小花开始怀疑是半泽的过失。

"我真的没做什么。就算有人做了什么，也不是我，是那个人。"

"那个人是谁？"

"业务统括部部长宝田。"

小花的脸色唰的一下变了。

"不要紧吧？"

"谁知道呢。"

半泽一反常态，并没有正面回答。

"但是，因为你是直树，所以你做的至少是正确的事吧。"

小花的瞳孔在不安地移动。

"在银行这地方，正确的事也不一定是正确的。"

"没那回事。无论在什么地方，正确的就是正确的，错误的就是错误的。"

"真要是那样就好了。"

半泽解开了领带。

小花说道："我不是银行的人所以不太清楚。但是直树，你千万不能输。就算是为了我和隆博，你也绝不能输。"

半泽露出安静的微笑，轻轻点了点头。

2

召集了东京中央银行约四百家支行的支行长和融资课长，以及总行主要部门负责人的全行会议，是确认银行整体业绩及方针的重要会议。

会议召开的时间，是七月第二周的周末。

会议于上午九点开始。会议中途，会场突然出现骚动——一个男人从前方的大门走了进来。

那人正是五木孝光，东京中央银行行长。

五木孝光个子不高，身材精瘦，满头银发一丝不苟地贴在头皮上，这已然成为他的个人特征。从他身上可以感受到身为大型商业银行领导者的智慧与气度。

在董事们恭敬的迎接中，五木坐在早已准备好的椅子上，开始浏览呈递上来的资料。

"虽然议程已经过半，在这里，我们还是想请五木行长为大家讲两句。行长，拜托您了。"

这位口齿伶俐的会议主持，正是业务统括部的江村。

在众人敛声屏气的注视下，五木缓缓登台，对凝视着自己的行员们开口道："今日，各位在繁忙的业务间隙从全国各支行赶到这里，辛苦了。但既然各位都是百忙之中抽空赶来，倘若只是读一读业务统括部准备好的文件数据，无异于浪费时间，没有任何意义。既然来了，我希望各位把这里当成一个提出问题、思考及找到解决对策的场所。请各位畅所欲言，尽可能讨论各自支行存在怎样的问题，应该如何解决。否则，我会心疼你们的交通费。"

五木似乎想开个玩笑，可现场绝不是能笑出声的氛围。

五木长期工作于营业总部，信奉实绩优先的现场主义。在他面前，一切浑水摸鱼的做法都行不通，所有借口在他面前都会变得苍白无力，企图狡辩之人还将受到毫不留情的斥责。

对五木而言，恪尽职守是本分，值得嘉奖的唯有实绩。从这层意义来讲，他信奉的是直截了当的能力至上主义。另一方面，他又会用一种不容辩驳的冷酷给那些无法取得实绩的人盖上无能的烙印。五木的词典里，根本没有酌情轻判这个词。

"喂，半泽君，真的没问题吧？"坐在半泽身旁的浅野战战兢兢地问道。

此时五木已结束了发言，刚刚离开讲台。

"你只要做好了被'烧死'的准备就没问题，不会比那个更糟糕了。"

"开什么玩笑，你想让我在全行支行长面前出丑吗？"

"出个丑就能过关的话，算幸运了。"

半泽的话让浅野嘴唇发颤，逐渐失去血色。

"你、你不是说会有办法吗？"

半泽正想再说什么，却听见江村开始宣读会议流程：

"接下来，会议将讨论并研究五木行长视为将来主要收益项目的M&A案。今天，我们将请各区域支行代表汇报并购案的交涉经过。首先，请仙台支行汇报并购案及相关成果。"

每个人手边的资料写着支行汇报名单，分别是仙台、丸之内、名古屋、大阪西……除了大阪西支行，都是经常开展M&A业务的大城市的中坚支行。这些支行要获得成功案例并没有那么困难。规模稍逊一筹的大阪西支行混迹其中虽说是五木行长的意思，但到底有些违和。况且，在其他支行接连发表耀眼夺目的成功案例之后，本应压轴的大阪西支行要汇报的，却偏偏是并购案的"失败"。

"完了……"浅野现在真想抱住自己的脑袋。

"那么最后，有请大阪西支行代表发言。"

会议主持江村的声音通过麦克风传了过来。

"在较早阶段，此案就被认为成功可能性极大，五木行长也一直非常关注。被并购方是一家名叫仙波工艺社的老牌出版社。该出版社年营业额三十亿日元，去年业绩为赤字，今年也有连续赤字的可能性，且深陷流动资金不足的困境。在此情形下主动提出并购该出版社的，是田沼时矢社长领导的杰凯尔集团。"

田沼和杰凯尔的名字一出现，会场立刻沸腾了。

"这对仙波工艺社而言，无异于一场及时雨。对大阪西支行来说，这个并购案或许稍显简单。那么，支行究竟进行了怎样的交涉，又取得了怎样的成果呢？有请大阪西支行的代表进行发言。"

避无可避的危机，已近在眼前。

"登台发表的是浅野支行长吗？还是——"

"不，由我来向大家汇报。"

"噢，是半泽课长啊。"江村露出不怀好意的笑容。

往行长身边跑去的宝田为了不让自己笑得太明显，正用拳头捂着嘴巴。

在稍远一些的地方，渡真利表情凝重地抱着胳膊，正用祈祷的目光看着半泽。

"这一定是一次精彩的发言。我很期待。"江村在一旁煽风点火。

一切都是安排好的，结果也在意料之中，简直和宝田准备的剧本一模一样。

手拿资料的半泽从座位站起，微微欠了欠身，径直朝讲台走去。他轻巧地登上台阶，在等待自己许久的讲台前站定，对着一千多名注视着自己的银行职员开口道："我是大阪西支行融资课长半泽。在介绍仙波工艺社并购案详细经过之前，我想先公布结论。这个并购案，并没有成功。"

宽阔的礼堂内，响起了当天最大的喧哗声。

3

　　"请等一下，半泽课长。"会议主持江村插话道，"我部资料显示，该并购案的确已经交涉成功。事到如今，你却说这个十拿九稳的并购案失败了。这让我们很为难啊。"

　　"我们从未汇报过交涉成功的消息，这恐怕是业务统括部基于大阪营业本部草率的推测擅自汇报的吧。希望贵部多听听一线的意见。这个并购案，根本不像贵部刚开始想的那样简单。"

　　宝田此时抬起了充满愤怒的脸。因为针对业务统括部的指摘太过出人意料，整个会场都安静了下来。

　　半泽正打算继续——

　　"我打断一下。"宝田站起身，从江村手中接过麦克风后对半泽说道，"这里不是你抱怨业务统括部的地方。半泽课长似乎对我们部门有所误解，业务统括部向来重视一线的意见，但是，大阪营本判断简单的并购案，你却没有办成是事实。'因为案件本身有难度所以失败了'，这听上去只是你对自己无能的狡辩。你难道没有反省过这一点吗？"

"如果我需要反省，我会欣然反省。"

半泽的反驳又激起一阵喧哗声。

"刚才，站在这里的江村调查员说，仙波工艺社业绩恶化，且深陷流动资金不足的困境，所以应该会轻而易举地接受杰凯尔的并购。

"仙波工艺社是拥有百年历史的老字号出版社。现任社长仙波友之是第三代社长，他的妹妹也身居公司要职。该公司去年的业绩的确是赤字，今年到目前为止也是赤字，但短期业绩只是暂时数据，该公司极有可能通过经营改革快速恢复业绩。

"仙波社长虽然了解过并购提案，但他从始至终都不同意。'因为缺钱，必然乐意卖掉公司'，这不过是银行职员自以为是的想象罢了。基于这种想法强行推进 M&A 项目，只能说是对努力求生的经营者们的背叛。我认为在座的所有人都应该认识到问题的本质。"

"你这样做的后果，不就是交涉失败吗？"宝田反驳道，"我想告诉在座的所有人，推进 M&A 项目是行长对未来的规划。失败的借口要多少有多少，你们大可以罗列一堆冠冕堂皇的理由，大谈理想主义，但那样是无法提升业绩的。我长期工作在销售一线，所以再清楚不过。看吧，大阪西支行不就眼睁睁放跑了到手的并购案吗？没有业绩，没有奖金积分，甚至还可能失去对我们信赖有加的杰凯尔的信任。这就是这位半泽课长大谈理想主义带来的后果。各位，你们能接受吗？东京中央银行能凭借这些打败其他银行吗？我们的竞争对手，可不会把这种天真的理想主义挂在嘴边，他们只会更加拼命。我们不是最特别的那个。这里不是大谈理想的地方，而是谈论现实的地方。想扮演圣母、开口闭口就是慈悲为怀的家伙趁早滚蛋！听明白了吗？半泽。"

"放弃理想后，被眼前利益玩弄于股掌的银行是什么下场，各位已经忘了吗？"

半泽冷淡的讽刺冻结了现场的空气。

"泡沫时代的反省哪里去了？历史还可能重演啊。我想问一句，你们接受得了吗？远离实体经济，纯粹为了赚钱而放贷，最终留给我们的只有巨额的不良债权。你们还想重回那个黑暗的时代吗？"

坐在墙边的渡真利皱紧了眉头，他似乎在用眼神制止半泽，够了，别说下去了。

"这里不是争论经营理论的地方，是讨论实绩的地方，你别搞错了。"宝田插嘴道，"在我看来，这就是大阪西支行的交涉能力太弱了。听好了，经营者是一群经常迷茫、经常不知所措的人，有时，他们根本认不清现实。仙波工艺社就是如此，究竟哪个选择是合理的、正确的，最清楚这一点的是我们银行职员。我说得不对吗？各位。"

紧接着，宝田面朝会场对下边的听众说道：

"那种缺乏潜力、业绩不振的公司想要活下去，究竟应该选择哪条路？经营者当然不情愿卖掉自己的公司，这是人之常情。但引导他们做出正确的商业判断也是我们的工作。因为客户不愿意所以不做，这样对谁都没有好处，我说得不对吗？”

现场响起了掌声，半泽明显处于劣势。

“怎么样？半泽。”

宝田有些扬扬自得，现在他的背后正站着大批支持者。

“这就是大家对你意见的评价。你还有话反驳吗？在五木行长面前开始恬不知耻地狡辩前，你应该做的，是反省自己薄弱的交涉能力，并为这难堪的结果向大家道歉。”

“没错！”不知从什么地方传来附和声。

渡真利低下头，摇了摇脑袋。

赢得会场信任的宝田将麦克风还给江村，神气地返回自己的座位。

这意味着，半泽已被斩断了所有退路。

“对事物的看法，是会随立场改变的。”

半泽的声音通过麦克风传来，显得异常冷静。

“宝田部长，你原本是杰凯尔的客户经理，后来得到田沼社长信任，从其他银行手中夺过杰凯尔主力银行的位置，并为关西最大美术馆田沼美术馆融资三百亿日元的建设款。我想问你一个问题，为什么杰凯尔要并购仙波工艺社？”

谁也不明白半泽究竟想说什么。

“那个，半泽课长。”江村插话道，“这个问题，跟本案没有直接关系吧。”

“没有关系我就不会问了。这个问题，至关重要。”半泽直视着宝田，斩钉截铁地说道。

"无聊透顶，你肯定又准备说一堆没用的借口。"宝田没拿话筒直接反驳道。

"这是跟你本人有关的问题，看来你并不打算亲自说明，是这样吗？"半泽问道，"这可是你最后一次为自己辩解的机会。"

坐在靠墙位置的宝田无可奈何地伸出手，江村立刻把麦克风递了过去。

"这里是汇报实绩的地方，要我说多少遍你才明白？求求你，别再胡闹了。——喂，江村，赶快进入下一个议题。"

会场内响起了笑声，正当人们用近似怜悯的目光看着半泽时，半泽突然打了个手势，会场立刻暗了下来。

看到左右两块屏幕打出的文字时，所有人都屏住了呼吸，会场被一片静默笼罩。

买方　（财）本居竹清财团
卖方　（财）田沼美术馆
预计买卖金额　至多三百五十亿日元（可能根据企业调查结果变动）

伴随着"咔嗒"一声，宝田站了起来。

他眼中流露的情绪毫无疑问是惊愕，他一动不动地盯着屏幕，视线好像粘在了上面。

他好不容易把视线移开，看向半泽，惊慌失措地问道：

"这、这是什么？"

"我现在就解释。"半泽平静地说道，"前期铺垫花了不少时间，现在，我正式向各位汇报大阪西支行 M&A 案件相关事宜。本居竹清财团，是我行客户——立卖堀制铁会长本居竹清设立的财团法人。"

4

　　"这桩买卖究竟是如何达成的，说出来大家可能不信，交易的契机正是仙波工艺社。杰凯尔提出要并购仙波工艺社时，仙波社长和我都有一个巨大的疑问，就是刚才那个问题'为什么杰凯尔会选择仙波工艺社？'"

　　半泽把话题拉回了原点。

　　"仙波工艺社确实是一家很有特色的公司，但对方毕竟拒绝了多次，为什么杰凯尔始终不放弃呢？大阪营业本部客户经理的说法是，田沼社长对出版社很感兴趣。但仅仅是这样，我还是觉得解释不通。直到后来，因为某个契机，我们有了新发现。就是这张照片。"

　　屏幕上出现了一张昏暗的照片。

　　"这是前段时间，我们在仙波工艺社地下室发现的涂鸦。各位不觉得这幅画很眼熟吗？"半泽面向会场问道。

有几个人微微点头。

"没错，这就是被誉为现代美术界宠儿的仁科让的代表作——《哈勒昆与皮埃罗》。这幅涂鸦绘制于三十多年前，当时，这栋建筑还是归堂岛商店所有。半地下室仓库有一个设计室，仁科让曾在那里工作。知道这件事的人并不多。如果这幅涂鸦是仁科让的作品，价格将不低于二十亿日元。"

礼堂中混杂着惊讶与叹息的声音。

半泽继续说道："杰凯尔的田沼社长是世界闻名的仁科让作品收藏家。明年开业的田沼美术馆，也计划将仁科让的作品作为镇馆之宝展出。田沼社长可能确实对出版社感兴趣，但他之所以对仙波工艺社如此执着，难道不是因为这幅涂鸦吗？——这是我当时的假设。"

这出人意料的发展让每个人都竖起了耳朵。

"但是，各位请看这里。可能有点暗，这里有一个签名。"

半泽指着屏幕一角。

"仔细看，这是'H·SAIKI'，如果是'J·NISHINA①'的话还好理解。这个签名似乎是别人的，可这幅涂鸦又分明是仁科让的作品。经过调查，我发现'H·SAIKI'是一个名叫佐伯阳彦的人，当时与仁科让一同在堂岛商店工作。佐伯阳彦梦想成为画家却英年早逝。我为了调查事情的真相，便去了佐伯阳彦的老家——丹波筱山的酿酒厂。在那里，我发现了一件令人震惊的事。

---

① 仁科让的姓名缩写。

344

就是这个——"

此时屏幕上出现的，是佐伯阳彦绘制的《哈勒昆与皮埃罗》。

"这一幅，是仁科让的《哈勒昆与皮埃罗》。"

此时画面改变，出现了另一幅画。

会场内充斥着无言的困惑。

"这不是一模一样吗？"

半泽听到了窃窃私语声。

"最开始，我以为佐伯先生是因恶作剧在仁科先生的涂鸦下签了自己的名字，但当我看到佐伯先生的画时，我发现自己弄错了。那幅涂鸦，确实是佐伯先生的作品。风格鲜明的《哈勒昆与皮埃罗》是佐伯阳彦这位无名画家的原创。仁科让不过是在模仿别人的作品，甚至可以说，是在剽窃。"

屏幕上的画面变成一沓陈旧的信封。那是阳彦的哥哥——恒彦出示的仁科让与弟弟的书信。

"我找到的真相，在某种意义上，甚至可以动摇现代美术界。从这些书信的内容来看，仁科让承认自己抄袭了佐伯的作品，并为此道歉。但值得注意的是，时日无多的佐伯阳彦接受了仁科让的道歉，并由衷地为仿作的成功感到高兴。不久后，佐伯阳彦去世。亲属们之所以没有公布真相也是这个原因。然而，对于热衷收藏仁科让作品的田沼社长来说，这却是一个麻烦的真相。田沼社长通过仁科的遗书得知了真相，倘若真相公开，仁科让的口碑极有可能暴跌。田沼社长为仁科的画作投入了五百亿日元的巨额资金，并计划修建美术馆。此时的田沼社长原本打算放弃计划，有一个人，却表示了反对。"

会场鸦雀无声，所有人都被半泽的话吸引。

"那个人跟田沼社长做了某项约定，他保证自己会将真相彻底掩盖，请求田沼社长按计划修建田沼美术馆。仁科让自杀后，那个人曾数次前往佐伯阳彦的老家求购阳彦的遗作。最近，他又知道了书信的存在，便拜托佐伯阳彦的亲属将书信也卖给他。为什么他要这么做？因为那些信里提到了佐伯阳彦留下的另一幅《哈勒昆与皮埃罗》，就是仙波工艺社里的涂鸦。"

没有人知道，半泽的话究竟指向何处。

"差不多在同一时间，大阪西支行最重要的客户之一立卖堀制铁的本居会长找到我商量一件事。本居会长唯一的爱好就是收藏美术品，为了展示自己多年的藏品，他打算修建美术馆。于是我接下来采取的行动，就是直接去见田沼社长，告诉他我的调查结果。刚才提到的美术馆建设经过也是那时田沼社长告诉我的。当时，杰凯尔的业绩顺风顺水，被银行的客户经理这么一怂恿，田沼社长就答应了修建美术馆的事。但客户经理却食言了，他没能将真相掩盖下去，根据最近发现的书信，田沼社长知道了仙波工艺社里存在涂鸦。如果涂鸦被人发现进而调查到佐伯阳彦身上，那么一直在投资仁科让作品的自己将会蒙受巨大损失——基于这种想法，田沼社长开始私下出售美术馆，他想在真相暴露前将仁科让的作品全部脱手。但找到真相的我，却让他的计划落空了。我和立卖堀制铁的本居会长商量后，向田沼社长提供了一个解决方案。那就是由本居会长出面，买下尚在修建中的田沼美术馆。

这个金额，也包含了田沼社长持有的全部仁科让作品。田沼社长也说，他可以趁此机会从现代美术作品的投资中彻底脱身。被买下的美术馆，也将在本居会长的斡旋下如期开业，作为关西地区新的艺术中心发光发热。买卖合同尚在草拟阶段，之后我们会仔细做好企业调查，确保交易顺利进行。"

半泽的发言一结束，会场立刻响起了感叹声。不知从什么地方传来赞许的掌声，渐渐扩散到整个会场。

此时，一个意想不到的惊喜出现了。

五木行长站了起来，也跟着鼓起了掌。半泽站在讲台上，看着满面笑容的渡真利一边鼓掌一边冲自己点头。

整个会场陷入了轻微兴奋的状态中。

"那、那个——大家安静一下。"江村慌张的叫声也差点被淹没，"半泽课长，非常感谢。那么接下来——"

"我还没说完呢。"

"还没，说完吗？"江村惊讶地问道。

他向宝田投去问询的目光，但不一会儿，他的表情就僵在了脸上。整个会场充满了对半泽毫不吝惜的赞赏之情。而此时宝田脸色苍白，在愤怒与屈辱的打击下不住地颤抖。

本该在这场全行会议中将半泽的无能暴露无遗，而现在，却让宝田成了那个被击垮的人。

半泽的话，衬托出那些仅凭表面现象就强行推进项目的人有多么浅薄，那些为功利目标盲目奔走的人又有多么愚蠢。

"那么现在，大家已经知道我是怎么发现真相的了。最后，我还要揭露另一个真相。"

余热未消的会场再次响起半泽的声音，掌声和私语声停止了。"我拜访佐伯阳彦的老家时，听说有人在求购阳彦的画和书信。阳彦的哥哥恒彦原本以为我是受那人的指派过来的。恒彦说，因为那人和我出自同一家银行，所以才引起了误会。这是那人的名片。"

在一片喧哗声中，宝田直勾勾地盯着屏幕，连眼睛也忘了眨。

"宝田部长，这是你的名片。"站在台上的半泽说道。

"那又怎么了？"宝田从容地站起身，"我只是做了田沼社长交代我办的事。身为客户经理，这不是很正常吗？"

"请你看看名片上的头衔：东京中央银行大阪营业部次长，宝田信介。名片下方有恒彦先生用铅笔写的日期，那是三年前的日期，你还有什么想说的吗？"

会场的氛围令人窒息，几乎所有人都顺着半泽的视线将目光对准了宝田。此时的宝田笔直地站着，满面通红，怒气冲冲地瞪着台上的半泽。

"那个时候，银行还没有批准田沼美术馆的融资。也就是说，宝田部长，你明知田沼社长的藏品有大幅贬值的风险，却瞒着银行促成了那笔融资。"

现场紧张的气氛让所有人都敛声屏气。半泽的话还在继续。

"田沼社长说，他觉得很难为情，到头来还是被一个满嘴为了客户、实际只顾自身利益的银行职员骗了。"

"这是真的吗？宝田。"

听到五木严厉的质问，宝田紧咬嘴唇低下了头。

"宝田部长——"台上的半泽继续对宝田说道，"你刚才说，这里不是谈论理想的地方，而是谈论现实的地方。这就是你的现实。空谈理想或许并不能带来实绩，但是缺乏理想的工作，也创造不了什么美好现实。这是我经历过这件事后，最直接的感想。感谢各位。"

　　在众人震惊的当口，半泽欠了欠身，迈着和之前一样的轻快步伐走下讲台，平静地回到了自己的座位上。

5

"人若犯我，我必加倍奉还是吗？你小子还真有两下子。"

渡真利脸上的表情不知道是佩服还是惊讶。

"总之，你没事就好。"他重新举起了装着生啤的玻璃杯。

"谢谢。"半泽应道，若无其事地喝着酒。

这是两人常去的酒馆。全行会议已过去一周。真相公布之后，所有事情都在快速发展，就好像被堵塞的流水一下子去除了阻碍，开始奔腾流淌一般。

"总行一直在议论你的事，有人说你是出于在企划部结下的怨恨，狠狠报复了宝田一场。也有人说是业务统括部的鲁莽让他们自取灭亡。其中最多的，还是对大阪西支行态度与能力的赞扬之声。"

"那是当然。"

半泽喝了一口酒，问道："宝田怎么样了？"

"行里成立了审查委员会，正在调查当时的事实。大阪营本的和泉和伴野也被列为调查对象，据说还要调查他们打点融资部的事。宝田本人一直主张一切都是田沼社长的吩咐，实际上是怎么回事？"

"我已经向人事部汇报了从田沼社长那听来的事实。宝田明知道真相却不向银行汇报，单凭这一点，他已经失职了。"

"我还有几个地方不明白，你能告诉我吗？"渡真利一本正经地问道，"负责杰凯尔业务的是大阪营业本部，你是怎么瞒着那帮家伙和田沼社长对上话的？"

"这是商业机密。"半泽半开玩笑地说道。

听完他和仙波社长假借采访名义拜访田沼的事后，渡真利难掩惊讶之情。

"某种意义上，这是在赌博。"半泽也承认，"那时，田沼社长大可以拂袖而去。但他没有那么做，而是听完了我们的话。这事如果被大阪营本知道，和泉和宝田一定会站出来多管闲事，所以我和田沼社长商量后，决定在极度保密的状态下进行美术馆交易。"

"如此一来，立卖堀制铁的本居会长也可以提前完成修建美术馆的计划，真是想瞌睡就有人送枕头。"

"而且就价格来说，这可是捡漏啊。我倒是希望你们多夸夸这点。"

半泽少见地自夸起来。

"最重要的是，我们或许翻开了现代美术史不为人知的一页。把佐伯阳彦被埋没的功绩公之于众，也是件意义非凡的事。"

"不好意思，我得说句扫兴的话。佐伯阳彦已经原谅了仁科让的模仿或者说剽窃行为，甘愿为了仁科让默默无名地死去。他的家人不是也决定不公布真相了吗？"

渡真利的指摘也不无道理。

如果阳彦的哥哥佐伯恒彦想公布真相，恐怕佐伯阳彦早就声名远播了。他之所以没那么做，完全是为了尊重佐伯阳彦的遗愿。

"确实，这么做违背了佐伯阳彦的遗愿。事实上我也犹豫过，最终让我下定决心的，是仁科让的遗书，他写给田沼社长的那封。"

这是一封写满近十张信纸的、长长的遗书。

6

（前略。）

无论过去多久，那段记忆对我来说都像昨天一样鲜明。

在那间阴暗寂寥的屋顶阁楼，我的希望和梦想终于破灭。手头的资金所剩无几，画好的作品被全盘否定，唯一的收入来源，就是贩卖美术馆名画的仿作。那时，我引以为傲的才华——如果还能称之为才华的话——已全部耗尽，只剩孤独在摧毁我的神经。

我为什么会画那幅《哈勒昆与皮埃罗》？现在，我已无法回忆出准确的过程。

那时不知为何，我脑中浮现的，就是佐伯阳彦创作的那幅风格鲜明的画，那幅与我的画风迥然不同的画。

画那幅画时，作为画家的我已经死了。我自己也明白，这绝不是单纯的模仿，而是赤裸裸的抄袭。

《哈勒昆与皮埃罗》大获成功时，阳彦原谅并祝福了我。他在信里写道："请代替我，把我的那份也画下去。"阳彦把他的画家人生托付给了我。对我而言，这意味着，我要顶着仁科让这个名字，作为佐伯阳彦活下去。

那之后的我，是何等卑鄙无耻。

为了钱，为了自己的成功，我不停地画着《哈勒昆与皮埃罗》，就好像那是我自己的作品一样。

或许，我一直想成为聪明却狡猾的哈勒昆，成为一个欺上瞒下、八面玲珑的"人气明星"。

但是，我始终做不到。

哪怕完美地骗过全世界，我也无法欺骗自己。

我只是个愚蠢的小丑。

一个狡猾、肮脏、无法微笑的小丑。无论旁人怎么说，我自己最清楚。

第一次画《哈勒昆与皮埃罗》时的负罪感，至今记忆犹新。

我本以为总有一天它会消失，没想到，随着时间的流逝，它越来越沉重，沉甸甸地压在我的心口。

现在，它疯狂玩弄着我，将我彻底击垮。我快要压制不住它了。

我已无法挽救自己的心。

只能站在远处，无能为力地注视着那个站在悬崖边的自己。

应该接受世人赞誉的不是我，而是名为佐伯阳彦的画家。

他拥有的，才是足以名动天下的才华。

最近，我时常想起和阳彦在堂岛商店设计室工作的场景。

那时我们还年轻，谈论着彼此的画家梦。但最终，我们谁也没能在真正意义上实现梦想。

这，大概也是人生吧。

我希望有朝一日，我们二人的故事能为世人所知。

倘若世人能记住，在痛苦中匍匐挣扎的我们为了活下去拼命努力的模样，我将无比欣慰。

这是无法成为哈勒昆的男人，最后的心愿。

"说实话，我觉得仁科让是一个正直纯粹的人。"详细讲解完遗书的内容后，半泽感慨道，"知道美术馆的修建被提上议事日程，田沼的藏品将作为镇馆之宝展出后，长久以来的负罪感终于把他压垮了。某种意义上，他是被宝田杀死的。"

"他为了说出真相，才给田沼社长写了遗书。"

渡真利不再说话，而是用忧伤的眼神看着摆满酒瓶的餐馆墙壁。

"我想满足仁科让的愿望。"

"你打算揭露真相吗？要怎么做？"渡真利问道。

"竹清会长想把'仁科让与佐伯阳彦'做成常设展，作为新美术馆的招牌展览推出。顺便告诉你，这个项目由仙波工艺社负责。下个月发行的《美好时代》大概会以特辑的形式公开两人的关系。"

"原来如此。"渡真利说。

他又像突然想起什么似的问道："话说回来，佐伯酒造怎么样了？不是说他们也为资金短缺苦恼吗？"

"大阪营本在帮他们和大型酒厂签订资本契约。"

渡真利放心地点了点头。

"经过这次的事，浅野支行长也安分了不少吧。"

"那家伙，还是死性不改。"半泽轻轻叹了一口气说，"把自己的过错推给下属，下属的功劳据为己有。完全把江岛当小弟一样呼来喝去。"

"他可真是银行职员的表率。"

听了渡真利的嘲讽，半泽无奈地点了点头。他的思绪再次飘远，缅怀起昔日那两名梦想成为画家的青年。